LE BON FILS

TODD STRASSER

LE BON FILS

Titre original de l'ouvrage
THE GOOD SON

Publié avec l'autorisation
de Pocket Books, New York

Traduit de l'américain
par Viviane Mikhalkov

La loi du 11 mars 1957 n'autorisant aux termes des alinéas 2 et 3 de l'article 41, d'une part, que les *copies ou reproductions strictement réservées à l'usage privé du copiste et non destinées à une utilisation collective*, et, d'autre part, que les analyses et les courtes citations dans un but d'exemple ou d'illustration, *toute représentation ou reproduction intégrale ou partielle, faite sans le consentement de l'auteur ou de ses ayants droit ou ayants cause*, est illicite (alinéa 1er de l'article 40). Cette représentation ou reproduction, par quelque procédé que ce soit, constituerait donc une contrefaçon sanctionnée par les articles 425 et suivants du Code pénal.

© 1993 by TM and Twentieth Century
Fox Film Corporation. Tous droits réservés.

© 1993, Pocket pour la traduction française.
ISBN : 2-266-00389-5

UN

Un instant côte à côte, deux sphères se détachèrent sur le ciel clair de l'Arizona. L'une, étincelante et dorée, resta en l'air, car c'était le soleil ; l'autre, sombre, à rayures noires et blanches, se mit à retomber : c'était un ballon de football. Un gamin d'une douzaine d'années, Mark Evans, prit une profonde inspiration et vint se placer juste dessous. Le ballon lui heurta la poitrine avec un bruit sourd et rebondit dans l'herbe devant lui.

"Allez !... Vas-y !... Mettez-vous en défense !... Un but ! Un but !"

Les cris fusaient de toutes parts, des joueurs comme des spectateurs. Une centaine de supporters, parents, professeurs et élèves, s'était rassemblée pour assister au match de l'école. Les uns bondissaient comme des cabris, débordant d'enthousiasme, les autres, au contraire, pétrifiés, restaient figés sur place. Tout en dribblant, Mark était en train de remonter le terrain sur toute sa longueur, soutenu par les encouragements de son équipe, et ses adversaires, qui n'étaient pas en reste d'invectives, se hurlaient des ordres tout en se regroupant.

Bien que de petite taille, Mark était un bon footballeur pour son âge. C'était un dribbler-né. Il parcourut des yeux le terrain devant lui, cherchant auquel de ses coéquipiers passer le ballon. Il s'agissait de feinter l'adversaire et notamment, les deux qui étaient en train de se rapprocher dangereusement. D'un coup de pied adroit, Mark passa le ballon sur sa gauche. Alan Parks, son ailier droit, réussit à le contrôler et à le lui renvoyer, mettant les malheureux de la défense adverse hors position et dans le vent.

Sans cesser de dribbler, Mark franchit la ligne médiane. Il nota d'un bref coup d'œil que ses coéquipiers étaient bien placés, à droite comme à gauche, et que les deux arrières de l'équipe adverse, des teigneux pourtant, se retrouvaient complètement dépassés : toutes les chances étaient de son côté pour réussir un tir au but impeccable.

Le ballon vola au-dessus du gardien et vint se jeter dans les mailles du filet...

Le sifflet de l'arbitre retentit, stoppant le jeu. Mark s'immobilisa, perplexe. Il passa la main dans ses cheveux bruns et raides. Il n'était pas hors jeu, il en était sûr, de même qu'il était certain qu'aucun joueur de son équipe n'avait commis de faute. Instinctivement, il regarda vers la touche. Son père s'y trouvait, tenant dans les mains la veste de son survêtement aux couleurs de l'école. Quant à Robbins, l'entraîneur, il lui faisait signe de quitter le terrain et criait que Jason Wicks allait le remplacer.

Mark se raidit d'un coup : il n'était pas mis sur la touche ; si la partie était arrêtée, cela n'avait rien à voir avec une faute de jeu. C'était à cause de sa mère, il le comprit tout de suite.

Tout le temps qu'avait duré le match, Mark avait réussi à l'éloigner de son esprit. Maintenant, elle redevenait le centre de ses préoccupations et il se sentit tressaillir. Il se décida à quitter le terrain en prenant un petit pas de course ralenti. Il arrivait à la hauteur de Jason et, lorsque les deux garçons se croisèrent, celui-ci lui donna une bourrade affectueuse à l'épaule : tout le monde était au courant pour sa mère.

Arrivé sur la ligne de touche, il entendit vaguement Robbins le féliciter, mais il n'y fit pas attention. Il ne voyait que son père : Jack Evans, un bel homme de taille moyenne et d'une quarantaine d'années, vêtu d'un costume gris légèrement froissé aux genoux et aux coudes, s'avançait vers lui, tenant sa veste de survêtement ouverte pour qu'il puisse l'enfiler rapidement.

« Ce n'est pas... »

Mark s'arrêta au milieu de sa phrase. Cela ne pouvait pas être la fin. Pas si tôt !

« Non, fit son père, en secouant la tête.

— C'est quoi, alors ? demanda Mark.

— Le Dr. Porter pense que cela peut arriver à tout moment. Il dit qu'il faudrait que tu viennes maintenant. »

Le père et le fils se dirigèrent vers le parking. L'air hivernal de l'Arizona était sec, la température avoisinait les vingt-cinq degrés. Une clameur monta de la foule derrière eux, mais Mark ne se retourna pas.

« Tu ne vas pas appeler la famille, hein, pas encore ? »

Jack garda le silence un moment, avant de répondre d'une voix hésitante :

« Si, Mark. Je vais les appeler. »

Ainsi, ça y était !...

Il sentit son estomac se serrer. Son père lui avait dit, un jour, qu'il ne ferait venir la famille que lorsque ce serait vraiment la fin, et depuis, c'était toujours de cette manière qu'il s'informait de la santé de sa mère. Tant que la famille n'était pas là, c'était qu'il y avait encore de l'espoir...

Aménagé en paysage du désert, un jardin de graviers et de cactus entourait l'hôpital, couleur de grès rouge. Le soleil de cette fin d'après-midi laissait filtrer des rais de lumière orangée par les fenêtres et les portes ouvertes, illuminant le long couloir que Mark et Jack avaient emprunté. C'était l'hiver et, en cette saison, le soleil semble toujours pressé de virer au rouge et de disparaître à l'ouest, derrière les montagnes.

Le hall sentait le médicament. Le cœur de Mark se mit à battre plus vite et il se sentit une fois de plus submergé par ce mélange d'appréhension et de désir ardent qui s'emparait de lui à chaque visite.

La chambre de sa mère était un peu plus loin. Son père et lui y étaient presque arrivés, lorsque le Dr. Porter en sortit. C'était un homme âgé et un peu chauve, qui portait des lunettes à double foyer. Il était en blouse blanche et avait son stéthoscope autour du cou. Il les regarda par-dessus ses lunettes, sans leur adresser le sourire qu'il leur réservait d'habitude. Il les accueillit dans le couloir.

« Pouvons-nous entrer ? » demanda Jack.

Le docteur jeta un bref regard à Mark

« Elle dort. Mais je pense que c'est bien que Mark la voie maintenant. »

Ils s'apprêtaient à ouvrir la porte, quand le Dr. Porter retint Jack par le bras.

« Vous avez un instant, Jack ? J'aimerais vous parler de certaines choses. »

Mark hésitait à entrer tout seul dans la chambre de sa mère, mais son père lui fit signe d'y aller. Il s'avança à l'intérieur.

La pièce était dans la pénombre. Les lampes étaient éteintes, un mince rai de lumière rougeoyante passait seulement sous le store baissé. Janice occupait une chambre individuelle. Elle gisait dans son lit, maintenue redressée par des oreillers, endormie, la bouche légèrement ouverte, les yeux profondément enfoncés et cernés. Ses narines étaient reliées par deux minces tuyaux verts à un ballon d'oxygène, et un autre tuyau allait du dos de sa main jusqu'à une série de poches en plastique suspendues au-dessus de son lit, c'était un tuyau pour les perfusions.

Un fantôme décharné, gris de peau et les joues creuses, avait pris la place de sa mère, il ne restait plus rien de sa beauté ni de sa force. Ce n'était pas la première fois que Mark la voyait dans cet état, il savait qu'elle allait mourir, mais il ne parvenait pas à y croire.

Ni à croire qu'aujourd'hui c'était la fin.

Il se sentit flageoler et s'assit tout doucement dans le fauteuil près du lit. Poussé par la curiosité, il se mit à examiner tout autour les appareils dans l'espoir insensé d'y découvrir un indice qui contredirait l'expression sévère du Dr. Porter et prouverait bel et bien que sa mère allait mieux.

Mais tout était comme d'habitude. Rien n'avait été retiré de l'appareillage nécessaire à maintenir sa mère en vie.

Quant aux objets personnels, ils étaient tous là : le bouquet de roses était encore sur la table de nuit, les fleurs, d'ailleurs, commençaient à se faner, et, à côté du vase, il y avait toujours le cadre d'argent et la photo qui les représentait, sa mère et lui, sur fond de pêchers en fleurs, Janice radieuse, vêtue d'une longue robe blanche... une photo prise le printemps dernier, au cours d'une promenade dans un verger... c'était hier, il y avait si longtemps déjà !...

Mark sortit de sa poche le petit éléphant qu'il avait sculpté pour elle en classe d'art. C'était un morceau de bois, tout plat, où il avait simplement creusé les grandes lignes d'un éléphant. Ce n'était certes pas l'objet le plus réussi de tous ceux qu'il avait fabriqués, mais c'était pour sa mère qu'il l'avait fait, car il savait qu'elle aimait les sculptures d'animaux. Il se leva et étendit le bras pour le déposer sur la table de nuit. Par mégarde, il heurta le vase et dut vivement le rattraper pour l'empêcher de se renverser.

Il vit les paupières de Janice cligner, puis elle ouvrit les yeux. La mère et le fils s'entre-regardèrent et, pendant un instant, Mark eut l'impression qu'elle ne savait plus où elle se trouvait. Puis, les yeux de Janice semblèrent faire le point et un petit sourire apparut sur ses lèvres fendues et gercées : le garçon comprit que sa mère le reconnaissait.

« Mark, mon chéri... »

Elle avait parlé avec effort, lentement et, derrière sa faiblesse, Mark ressentit tout l'amour qui montait de sa mère vers lui. Il se rassit dans le fauteuil.

« Bonjour, maman.

— Tu aurais dû me réveiller.

— J'ai pensé que tu avais probablement besoin de dormir.

— Je préfère te voir, tu sais. Je t'attendais. Je voulais te parler. »

Mark crut qu'il allait défaillir : le moment qu'il craignait tant venait d'arriver. Sa mère allait lui dire au revoir. Lui recommander d'être fort. Lui dire tout ce qu'il devrait faire une fois qu'elle ne serait plus. Il ne se sentait pas la force de supporter cette épreuve. Pour l'obliger à changer de sujet, il lui montra la petite sculpture sur la table de nuit.

« Regarde ce que j'ai fait pour toi. »

Janice tourna la tête avec peine et Mark regretta de ne pas avoir pris l'éléphant lui-même pour le tenir devant ses yeux et bien le lui montrer.

« Superbe, mon cœur ! dit-elle dans un murmure. Merci.
— Je l'ai fait à l'atelier d'art. D'ailleurs, j'ai eu des problèmes. Parce qu'on était censé faire des lampes, tu vois. Mais moi, j'avais vraiment envie de faire ça pour toi. Enfin bref, M. Roberts... »

Mark aurait bien continué à raconter n'importe quoi, uniquement pour empêcher sa mère de se remettre à parler. Mais Janice avait fait glisser sa main sur la sienne et les mots se bloquèrent dans sa gorge. Il comprit à son regard qu'elle n'était pas dupe de ses tentatives. Elle lui demanda :

« Papa t'a parlé ? »

Il fixa le plancher pour retenir les larmes qu'il sentait prêtes à jaillir de ses yeux. Il répondit tout bas :

« Oui, maman.
— Alors tu sais que bientôt la vie ne va pas être facile pour toi. Il va falloir que tu sois fort. »

Mark secoua la tête. Il ne pouvait pas supporter d'entendre sa mère parler de la vie quand elle ne serait plus là. Il voulut dire quelque chose.

« Maman... »

Janice continua doucement.

« Ne t'inquiète pas, Mark. Je serai toujours avec toi. Toujours. »

Intrigué par ce qu'elle venait de dire, il leva les yeux sur elle. Il vit que parler l'avait fatiguée. Il sentit la main de sa mère faiblir sur la sienne. Il l'enferma de son autre main pour bien la tenir et répondit tout bas :

« Je sais, maman... Tu ne vas pas mourir. Je te jure. Tu ne vas pas mourir, parce que je vais t'en empêcher ! »

Il sentait que sa mère s'en allait. L'effort l'avait épuisée. Il la regarda, effrayé. Un bref instant, elle lui rendit son regard, droit dans les yeux, et il aurait pu jurer qu'elle venait de lui exprimer qu'elle était d'accord avec ce qu'il avait dit. Ses lèvres remuèrent faiblement et il lui sembla qu'elle répétait : « Toujours. »

Puis les yeux de Janice se fermèrent.

Un sentiment de panique s'empara de Mark.

Il remarqua alors que la poitrine de sa mère continuait de se soulever faiblement. Elle respirait encore. Il se détendit.

Il entendit des pas et un raclement sur le sol. Son père tirait une chaise près de lui.

Jack resta un moment à regarder sa femme, puis il se tourna vers son fils pour demander :

« Elle a dormi tout le temps ?

— Elle s'est réveillée quelques secondes.

— Elle a dit quelque chose ? »

Mark fit un signe d'acquiescement. Jack attendit qu'il ajoute autre chose, mais voyant que son fils restait silencieux, il ne le questionna pas davantage.

Tous deux devaient trouver, chacun à sa manière, un moyen d'accepter le malheur qui était sur le point d'arriver.

DEUX

Toutes ses chaussettes étaient à laver ! Mark s'accroupit pour regarder tout au fond des tiroirs de la commode. Mais il n'eut pas la chance d'en trouver une paire propre. Il se redressa et fit des yeux le tour de sa chambre. Dans un coin, un panier d'osier débordait de linge sale ; des montagnes de papiers et de journaux s'empilaient sur son bureau ; çà et là émergeaient des disquettes ; les rideaux de la fenêtre étaient en tire-bouchon et le lit n'était pas fait.

Dans le temps, c'était plus ordonné.

Il descendit à la cuisine. Le spectacle y était similaire. Les assiettes du dîner de la veille traînaient dans l'évier et le philodendron suspendu au plafond, desséché, menaçait de se ratatiner à tout jamais. Mark lui donna de l'eau et regarda alentour. Pour la première fois, la cuisine n'avait plus rien de pimpant.

Il ouvrit le réfrigérateur. Une odeur aigre le prit aux narines. Se bouchant le nez d'une main, il alla vider dans l'évier le lait qui avait tourné et sortait en gros morceaux du carton. Il fit couler l'eau pour les évacuer.

« Nous avons suffisamment de liquide et de crédit à la banque pour régler les salaires des trois semaines à venir. »

Son père venait d'entrer, le téléphone sans fil à la main.

« Après cela, je ne sais pas ce que nous pourrons faire... Oui... Je sais bien que les Japonais veulent signer. Mais moi, je ne peux pas aller au Japon en ce moment... Non, tu as raison, Jim ne peut pas me remplacer... Il n'y a que moi qui puisse y aller. Enfin, ils feront ce qu'ils voudront. Peut-être qu'ils attendront, ou peut-être qu'ils se lasseront !... Bien sûr, bien sûr... Dis donc, tu ne connaîtrais pas un bon avocat, par hasard ? Du genre spécialisé dans les faillites... Entendu. A plus tard. »

Jack coupa la communication et se passa la main sur le visage. De grands cernes lui mangeaient la figure. Mark n'en fut pas surpris. La nuit, il entendait souvent son père s'agiter dans la pièce à côté, incapable de trouver le sommeil.

« Bien dormi ? » lui demandait-il maintenant.

Mark acquiesça d'un mouvement de la tête :

« Et toi ? »

Son père fit la grimace :

« Tout bien considéré, j'ai eu la chance de réussir à dormir un petit peu.

— Tu as des ennuis au bureau ? demanda Mark.

— Le seul ennui, c'est que je n'y suis pas.

— Mais... tu y vas tous les jours ! répliqua Mark, sans comprendre.

— C'est vrai. Le problème, c'est que j'y vais, mais que je n'y suis pas, si tu vois ce que je veux dire.

— Très bien. C'est comme moi à l'école. Sauf qu'à l'école, on n'a pas besoin d'avocat ! »

Jack sourit à son fils.

« Moi non plus... Pour l'instant. »

Il ouvrit le réfrigérateur et fit tout de suite la grimace.

« C'était le lait. Ne t'inquiète pas, je m'en suis occupé. »

Le père inspecta les étagères.

« Il ne reste pas grand-chose à se mettre sous la dent !

— Donne-moi un peu de fric, je ferai des courses en revenant de l'école, si tu veux », proposa Mark.

Jack referma la porte.

« Excellente idée. Je te remercie. Mais tu sais quoi ? Va chercher ton cartable, je t'emmène au Micky D's.

— Super ! » s'exclama son fils.

Il fonça à l'étage ramasser ses affaires de classe et redescendit à toute vitesse. Jack, un attaché-case à la main, l'attendait déjà au pied de l'escalier. Il ouvrait la porte d'entrée pour laisser sortir son fils quand la sonnerie du téléphone retentit.

Chaque fois que le téléphone sonnait, le garçon sentait la panique l'envahir. Il leva un regard anxieux vers son père.

« Attends-moi ici ! » lui dit celui-ci et il retourna dans la cuisine.

Mark laissa la porte d'entrée se refermer. Il tendit l'oreille. Son père ne parlait pas, il poussait seulement quelques exclamations. Puis, Mark entendit : « Je comprends », et le déclic du combiné qu'on raccroche. D'un seul coup, la maison lui parut toute silencieuse. Il eut froid et la peur l'envahit.

"*C'est impossible,* pensa-t-il. *Je lui avais promis que je l'en empêcherais...*"

Il entendit son père l'appeler.

« Papa ? répondit-il d'une toute petite voix.

— Viens me voir. »

Et la famille débarqua. Sa grand-mère maternelle fit le voyage depuis la Floride, une des sœurs de sa mère depuis l'Oregon. Des cousins vinrent du Texas. Wallace, le frère de son père, arriva du Maine. Et tous tinrent à consoler Mark. Tous lui dirent qu'ils étaient tristes pour lui et l'invitèrent aux prochaines vacances d'été. Ils rappelèrent combien sa mère était merveilleuse et répétèrent qu'ils allaient la regretter. Puis quelqu'un songea enfin à faire venir un service de nettoyage.

Les funérailles eurent lieu à l'église méthodiste, bâtiment de style hispanique où Mark avait l'habitude de se rendre, deux ou trois fois par an. Ensuite, de grandes limousines emmenèrent tout le monde au cimetière, un drôle de carré d'herbe toute verte, perdu au milieu du désert, avec des pierres tombales et des monuments.

C'était tard dans la matinée et le soleil d'hiver chauffait les têtes. Mark était en nage dans son blazer bleu marine et son pantalon gris. Les branches des palmiers alentour bruissaient sous la brise légère et, très haut dans le ciel, un aigle planait, solitaire. Par-delà les murs du cimetière, des touffes d'épineux, arrachées par le vent, roulaient sur la terre brune, s'accrochant aux chardons et aux quelques cactus qui poussaient çà et là.

Le regard de Mark allait du trou béant creusé dans le sol, au cercueil de bois sombre et brillant, placé à côté, et il sentait la main de son père reposer sur son épaule.

Une dizaine de mètres plus loin, deux ouvriers attendaient, à l'ombre du petit monticule formé par la terre qu'ils avaient retirée. Ils portaient des jeans et des T-shirts. L'un d'eux avait aussi un bandanna autour du front. Et Mark fut un peu choqué de voir qu'il fumait une cigarette.

Un pasteur, vêtu d'une chemise noire à col blanc et manches courtes, se mit à lire la Bible :

« Le Seigneur dit : "Je suis la résurrection et la vie. Celui qui croit en moi, même s'il est mort, vivra. Et celui qui vit et croit en moi, aura la vie éternelle..." ».

La vie éternelle...

Mark répéta ces paroles dans sa tête.

La vie éternelle...

Parcourant des yeux l'assistance, il fut surpris de constater que presque tous lui adressaient des regards apitoyés, comme si ce n'était pas sa mère, mais lui, qui était l'objet de l'attention générale. Il savait qu'ils faisaient cela parce qu'ils avaient pitié de lui. Mais il en éprouva encore plus de chagrin.

De retour à la maison, il trouva des amies de sa mère affairées dans la cuisine. Les buffets et la table étaient surchargés de plats. Une foule de personnes avait débarqué, d'humeur quasiment joyeuse, et Mark, qui n'avait jamais assisté à un repas de funérailles, s'étonnait de les entendre bavarder avec animation, gaiement presque, alors qu'une heure plus tôt, il les avait vues en train de sangloter sur la tombe de sa mère.

Le plus incongru, le plus agaçant aussi, c'était que tous ces gens, la plupart inconnus de lui, insistaient pour l'embrasser et le cajoler, lui passer la main dans les cheveux ou lui tapoter l'épaule, et lui redire, l'un après l'autre, les mêmes mots de condoléances. Mark comprenait qu'ils voulaient ainsi lui prouver leur compassion et, par crainte de se montrer désagréable, il se retenait de leur dire de surveiller leurs mains.

Après qu'une douzaine de personnes lui eurent redit combien sa mère était merveilleuse, il ne put en supporter davantage. Il finit par aller se réfugier dans le jardin, en passant par la baie coulissante de la cuisine. A peine l'eut-il refermée sur lui que les voix s'estompèrent d'un seul coup, remplacées par le vrombissement d'un avion à réaction dans le ciel et les cris des enfants qui jouaient dans la rue. Mark traversa la pelouse, si verte autrefois, et toute brune aujourd'hui, faute d'entretien.

Un bruit de voix parvint à ses oreilles :

« Une chance comme celle-ci ne se présentera pas deux fois, Jack. Si tu veux sauver ta société et garder tes employés, il faut absolument que tu y ailles. »

Mark contourna la maison et découvrit son père et son oncle Wallace en conversation à l'ombre d'un oranger. Ils s'interrompirent dès qu'ils l'eurent aperçu et Jack interpella son fils sur un ton assez solennel.

« Alors, Mark, comment te sens-tu ?

— J'avais besoin de sortir un moment.

— Ça va, gamin ? » lui lança Wallace à son tour.

Il avait quelques années de plus que Jack et ses cheveux blonds et bouclés, coupés court, étaient coiffés en arrière.

« Heu, je crois », répondit Mark.

Comprenant qu'à l'évidence, son père et son oncle ne désiraient pas poursuivre leur aparté en sa présence, il ajouta :

« A tout à l'heure ! »

Et il s'en alla de l'autre côté.

« Tu es sûr que ça va ? lui lança son père.

— Ouais, ouais. Sûr », répliqua Mark.

Jack Evans le suivit des yeux et reporta son regard sur son frère.

« Tu vois bien que je ne peux pas le laisser en ce moment, Wallace. Il a besoin de moi.

— Quinze jours, Jack, ce n'est pas le bout du monde, quand même ! »

Jack secoua la tête :

« Impossible, répéta-t-il. Je ne peux pas lui faire ça.

— Ce n'est pas comme si tu l'abandonnais à des étrangers. Je suis ton frère, quand même. On est de la même famille.

— C'est probablement pour ça qu'on ne se voit qu'aux enterrements », répliqua Jack.

En voyant la grimace de son frère, il regretta aussitôt ses paroles. Wallace avait perdu un fils deux années auparavant, un petit garçon de deux ans, Richard, mort noyé dans sa baignoire, chez lui, dans le Maine.

« Excuse-moi, Wallace, reprit-il. Je ne sais plus ce que je dis. Je sais que tu fais de ton mieux pour m'aider.

— C'est un moment difficile. Si quelqu'un peut te comprendre, c'est bien moi !

— Comment va ta femme ? demanda Jack.

— Par rapport à ce qui s'est passé, tu veux dire ? »

Jack hocha la tête. Wallace poussa un soupir.

« Ça dépend des jours. C'est quelque chose qu'on n'oublie pas, jamais. Quelque chose qu'on garde toujours présent à l'esprit. On se réveille au milieu de la nuit en se demandant si on a bien fait tout ce qu'il fallait faire. Je n'ai toujours pas la réponse. »

Jack hocha la tête.

« Si tu savais comme je suis désolé pour toi, Wallace ! Si quelque chose comme ça devait m'arriver, moi, je ne sais pas comment je m'en sortirais !

— Mais c'est justement ça qui vient de t'arriver, tu sais ! dit Wallace, en posant le bras sur l'épaule de son frère. Je te connais bien, Jack. C'est la première fois que tu dois affronter un drame aussi affreux. Crois-moi, dans ces moments-là, il faut s'ouvrir. Laisser les autres vous aider.

— Je ne peux pas abandonner Mark tout seul en ce moment. Ce serait la pire des choses à lui faire, je le sens... Il vient juste de perdre sa mère et tu voudrais que moi, son père, je disparaisse aussi ?

— Il est assez grand pour comprendre ! rétorqua Wallace. Susan et moi prendrons soin de lui pendant que tu règles tes affaires. Tu ne peux pas te permettre de laisser traîner les choses plus longtemps. Ta société est sur le point de couler, penses-y !

— Peut-être que je m'en fous, tu sais !

— Enfin, Jack, tu as passé la moitié de ta vie à monter cette boîte ! Ce n'est pas en jetant tout par-dessus bord que tu vas améliorer tes affaires. »

Jack laissa dériver son regard au-delà de la palissade, au-delà des maisons du quartier, loin, jusqu'aux montagnes brun-rouge qui barraient l'horizon. Il finit par répondre :

« Je me demande si tout ça en valait bien la peine. Tous ces week-ends passés au bureau, je veux dire. Tous ces voyages d'affaires qui m'ont tenu éloigné de ma famille. Peut-être qu'il aurait mieux valu que j'aie un travail normal, de neuf à six. J'aurais passé plus de temps à la maison. »

Wallace mit le bras autour des épaules de son frère.

« Voyons, Jack, ce n'est pas ton boulot qui a fait tomber Janice malade, tu le sais bien, ces deux choses n'ont rien à voir... Ton avenir t'intéresse encore, hein ? Celui de ton fils aussi, non ?

— Évidemment !

— Alors, fais en sorte de lui en donner un, d'avenir. Si tu réussis à emporter le morceau à Tokyo, ça remettra ta société sur pied, c'est bien ce que tu m'as dit ?

— Tu sais, on n'est jamais sûr de rien avant d'avoir en main tous les papiers signés. »

Wallace se fit plus pressant.

« Puisque c'est ta seule chance de sauver ta boîte. Tu dois la saisir ! »

Jack tourna son regard vers l'endroit où Mark se tenait, quelques instants plus tôt. Avait-il le droit de laisser son enfant ? Même pour quinze jours seulement ?

Wallace poursuivit, comme s'il avait deviné les pensées de son frère :

« Ça lui fera du bien, de se retrouver avec des enfants ! Tu l'as vu, il y a deux minutes. Il est complètement perdu au milieu de toutes ces grandes personnes. S'il vient chez moi, il se retrouvera avec Connie et Henry, il pourra jouer toute la journée avec eux. »

Jack soupira et se remit à scruter les montagnes. Son frère n'avait pas entièrement tort. L'idée de laisser son fils deux semaines lui faisait horreur. Pourtant, s'il considérait la question du point de vue de l'avenir, il était bien obligé de reconnaître que les arguments de Wallace étaient parfaitement bien fondés. Il reporta son regard sur son frère.

« Tu en as parlé à ta femme ? Qu'est-ce qu'elle en dit ?

— Tu connais Susan, répondit Wallace avec un sourire. Elle m'a interdit de revenir à la maison sans ton fils. »

Jack se rembrunit : l'idée que Wallace remmène Mark avec lui en avion ne lui paraissait pas la meilleure solution. Il proposa de le conduire lui-même dans le Maine.

« Il faut que Mark et moi passions quelque temps ensemble. Tout seuls, tous les deux. Les Japonais n'auront qu'à attendre une semaine de plus.

— Bien. Dans ce cas, je dirai à Susan que vous arriverez dans le courant de la semaine prochaine », répondit Wallace.

TROIS

Les restes du repas avaient été bien enveloppés et mis au réfrigérateur. Parents et amis étaient partis. Il était tard. Le père et le fils se retrouvaient seuls, dans la cuisine, assis chacun à un bout de la table. Une tasse de café fumait devant Jack.

« Comment tu vas, Mark ? » lui demanda son père.

La question agaça l'enfant.

« Papa, s'il te plaît, arrête de me demander ça tout le temps ! Je vais comme j'allais il y a cinq minutes.

— Tu as raison. Tu as faim ? »

Mark fit non de la tête. Jack souffla doucement sur la fumée qui montait de sa tasse.

« Je voudrais te parler. »

Le ton sérieux de son père l'inquiéta, il questionna d'une voix anxieuse :

« De quoi ?

— Qu'est-ce que tu dirais d'aller en voiture dans le Maine ? »

Mark fut aussitôt sur ses gardes.

« Pour quelle raison ?

— Parce que je dois aller au Japon une semaine ou deux. Wallace et Susan seraient heureux de te prendre chez eux pendant mon absence.

— Pas question ! » rétorqua Mark en secouant la tête.

Jack ne fut pas surpris de la réaction de son fils.

« Je me doutais bien que cette idée n'allait pas t'emballer. Malheureusement, je ne vois pas ce que nous pouvons faire d'autre, toi et moi.

— Je ne veux pas y aller. Je veux rester ici avec toi... et maman », rétorqua Mark rapidement.

Le front de Jack se creusa de rides profondes. Il hésitait à faire part à Mark des problèmes qu'il avait avec sa société. Puis, se rappelant qu'il valait mieux dire la vérité à son fils pour ne pas le braquer, il se décida à lui parler franchement :

« Je dois partir très vite. Je ne peux plus remettre ce voyage, Mark, sinon ma société va avoir des problèmes. Et nous aussi, par la même occasion !

— Eh bien, tu n'as qu'à m'emmener avec toi !

— Ce n'est pas possible. Primo, c'est hors de prix ; secundo, je serai en rendez-vous toute la journée. Tu te retrouveras tout seul, sans rien à faire.

— Je me promènerai !

— Non. Tu ne peux pas venir. Crois-moi, ce n'est pas l'envie de t'emmener qui me manque, mais c'est impossible ! Si j'y vais, c'est bien parce que je ne peux pas faire autrement. Je te dis la vérité, crois-moi. »

Mark se renfrogna et haussa les épaules. Son père reprit :

« Évidemment, je pourrais m'arranger pour que tu restes ici, chez un copain. Mais je pense que ce serait bien que tu passes un moment dans la famille de mon frère. J'ai l'impression qu'on les verra beaucoup plus souvent, dorénavant... Ils ont un fils, Henry, qui est à peu près de ton âge, et une fille, Connie, plus jeune que toi. Tu les as vus en photo. »

C'était vrai. D'après les photos, ses cousins avaient l'air plutôt sympas. Mais c'est difficile de se faire une idée uniquement d'après des photos. Il préféra ne rien dire.

« Tu n'es jamais allé dans le Maine. Le changement te fera du bien », poursuivit Jack.

Mark étudia son père assis de l'autre côté de la table. En temps ordinaire, il ne lui aurait pas dévoilé le fond de son cœur, mais la notion de temps ordinaire avait disparu. N'existerait jamais plus ! Il dit :

« Je me sens inquiet à l'idée d'être séparé de toi. »

Jack lui sourit gentiment.

« Ne t'en fais pas. Après une semaine en voiture tous les deux, tu seras ravi de me voir prendre le large. »

Mark ne savait plus ce qu'il aimait et ce qu'il n'aimait pas en ce moment, et il aurait été bien incapable de dire ce dont il avait envie. Il se contenta de hocher la tête en silence.

« Oh, autre chose ! ajouta Jack. Surtout prends bien ton manteau le plus chaud.

— Mais, j'en ai pas, de manteau !

— Eh bien, on fera comme si tu en avais un », fit son père en soupirant.

La veille du départ, Jack passa toute la soirée au téléphone à mettre au point les derniers détails de son voyage. Mark regarda la télévision un moment et monta dans sa chambre. Assis sur son lit, il inspecta la pièce. Son sac, fini et bouclé, était déjà près de la porte. Son Game Boy était encore sur la table. Il s'apprêtait à le prendre pour en faire une partie, quand il réalisa subitement qu'il partait.

Il allait quitter sa maison.

Il devait lui dire adieu !

Il sortit et prit le couloir jusqu'à la chambre de ses parents. Il n'y avait pas mis les pieds depuis des mois, bizarrement, depuis le jour où sa mère était entrée à l'hôpital.

Il poussa la porte. Bien que les lampes fussent éteintes, la pièce n'était pas dans le noir, car la lumière de la pleine lune entrait largement par les rideaux ouverts. Il fit lentement le tour du lit pour aller du côté où sa mère avait l'habitude de dormir, passant devant la coiffeuse à laquelle elle s'asseyait tous les matins pour se faire une beauté. Sa brosse et son séchoir y étaient encore, de même que ses flacons de vernis à ongles.

A cette vue, son cœur se serra. Il aurait pu croire qu'elle n'était jamais partie. Qu'elle était toujours là.

Peut-être était-elle encore ici, d'ailleurs ?

Peut-être avait-il su l'empêcher de mourir, après tout !

Il se sentit submergé par un désarroi infini. La mort de sa

mère était trop injuste ! Il leva ses yeux pleins de larmes vers le miroir. Il vit qu'elles étaient sur le point de déborder et de rouler le long de ses joues. Il cligna des paupières pour tenter de les retenir. Soudain, un fol espoir le transporta.

Et si sa mère était encore là ? Et s'il avait réussi à empêcher qu'elle ne meure ?

Alors, où était-elle ?

Son regard accrocha un léger tremblement de lumière dans la glace et il se retourna. La lumière de l'armoire était allumée. Il alla en ouvrir la porte et fut surpris de la trouver vide. Seule était encore suspendue à un cintre la robe blanche de sa mère, celle qu'elle portait en ce dernier jour de printemps, lorsqu'ils étaient allés se promener parmi les pêchers en fleurs.

Il gardait cette promenade présente dans sa mémoire. Comme sa mère était vivante alors, et comme elle était heureuse ce jour-là !

Dans la lumière tremblotante de l'armoire, la robe semblait luire d'un éclat singulier. Mark essuya ses larmes et resta à la contempler. Était-il possible que... ? Il supplia de toutes ses forces. Un murmure s'échappa de sa gorge.

« Maman... tu es là ? »

Sa question resta sans réponse. Il poussa un soupir.

« Fais-moi un signe, rien qu'un seul ! »

Il attendit un moment. Rien ne se manifesta. La robe, silencieuse, continuait de luire faiblement, immobile sous la lumière.

QUATRE

Calcinée sous la boule de feu du soleil de midi, la route serpentait en direction de l'est, ruban noir à travers le morne désert ; des ridules de chaleur ondoyaient sur l'asphalte, bien visibles à travers le pare-brise.

Ils ne roulaient que depuis le matin, mais déjà gobelets de carton, emballages de biscuits et cartes routières s'amoncelaient sur le dessus du tableau de bord. Jack jeta un coup d'œil à son fils : Mark était toujours collé à son jeu de Game Boy. Depuis le début du voyage, il n'avait pas desserré les dents, se contentant de répondre par de brefs oui ou non quand son père lui demandait s'il voulait s'arrêter pour boire ou se délasser les jambes. Le jeu seul captait son attention.

Ils venaient juste d'aborder une région de collines magnifiques et de pics immenses. Jack voulut alléger l'atmosphère :

« Eh, monsieur le passager, quand tu en auras assez de rester coincé au score 263, jette donc un œil par la fenêtre, tu es en train de rater un paysage magnifique. »

Mark garda la tête baissée sur son jeu électronique, sans esquisser le moindre geste qui eût pu donner à comprendre qu'il avait entendu : la petite musique ridicule qui accompagnait les Mario Brothers dans le jeu vidéo était le seul signe de vie en provenance du coin où il se tenait renfrogné. Jack lança une nouvelle tentative, optant, cette fois, pour un ton d'ahurissement intense :

« Ça alors ! Je viens juste d'apercevoir un coyote armé d'un bazooka, en train de courser un bip-bip ! »

Mark grimaça un semblant de sourire, signifiant, d'un rapide coup d'œil à son père, que sa plaisanterie était appréciée. Il se replongea aussitôt dans sa partie.

Jack n'en était pas plus avancé. Apparemment, s'il voulait débloquer la situation, il fallait qu'il y aille carrément. Il engagea la voiture sur une bretelle. Le revêtement n'était pas stabilisé et la poussière les enveloppa de ses tourbillons. Une auto les dépassa à toute allure, bourrée de passagers qui leur jetèrent des regards curieux.

Jack coupa le moteur et se tourna vers son fils. Mark était toujours collé à son jeu, mais son père sentit toute la tension qui émanait de lui.

« Mark ! »

Le garçon poursuivit sa partie sans lever les yeux, appuyant sur les boutons à toute vitesse. Il se mordit seulement la lèvre inférieure, comme s'il se préparait à subir une scène.

« Je sais combien tu souffres, reprit son père. Mais je t'en prie, laisse-moi partager ta peine. »

Mark continua de l'ignorer et Jack en eut assez de jouer les pères compréhensifs. Il finit par arracher le jeu des mains de son fils.

« Et maintenant, parle-moi ! s'écria-t-il, se retenant à grand-peine de passer le jeu par la fenêtre.

— Qu'est-ce que tu veux que je te dise ? » jeta Mark, sur un ton irrité et méfiant.

Il n'avait pas pour habitude de s'exprimer ainsi, et Jack réprima sa colère en se disant que son fils devait avoir le cœur bien gros.

« Ne te fâche pas, ça n'avancera à rien. Surtout que tu ne sais pas très bien toi-même contre quoi tu es en colère. Si c'est contre moi, si c'est contre la vie en général, ou si c'est contre maman ! Tu n'es pas le seul à penser à elle tout le temps, tu sais ! »

Mark lança un long regard à son père, comme s'il allait

enfin lui dire tout ce qu'il pensait. Il commença sur un ton hésitant :

« Je ne comprends pas pourquoi il faut que j'aille dans le Maine.

— Mais je te l'ai déjà dit. C'est parce que je dois aller au Japon. Et qu'ici, il n'y a personne pour s'occup...

— Elle va revenir ! l'interrompit Mark.

— Mark, enfin... » dit Jack. Les mots s'arrêtèrent dans sa gorge.

« Peut-être qu'elle ne va pas revenir comme elle est normalement, mais elle va revenir quand même ! »

L'intense surprise qu'éprouva Jack tout d'abord se mua brusquement en une peine aiguë, insoutenable : il s'en voulait de ses illusions ; il avait surestimé les forces de son fils à surmonter sa détresse, cela ne faisait aucun doute. Quelle bêtise l'avait donc poussé à croire qu'un gamin de douze ans pouvait accepter sans révolte la disparition de sa mère !

« Elle me manque aussi, tu sais, fit-il. Mais nous devons accepter le fait qu'elle n'est plus là.

— Non ! hurla Mark.

— Si. »

En moins d'une seconde, le garçon avait ouvert la portière et s'était enfui à toutes jambes vers le désert. Ébahi, Jack le suivit des yeux. Son premier geste fut de s'élancer à sa poursuite, mais il se ravisa. Il sortit lentement de la voiture et prit le temps de vérifier soigneusement que les portières étaient bien fermées à clef.

Mark courait toujours, sans savoir où, ni pourquoi, sentant seulement que c'était la seule chose à faire, courir encore plus loin, courir le plus loin possible.

Fuir loin de son père !

Fuir loin de ce qui était arrivé à sa mère !

Fuir loin de lui-même !

Il stoppa sa course aussi brusquement qu'il s'était élancé. Qu'est-ce qu'il se racontait ? Il croyait qu'il avait un endroit où se réfugier ?... Il resta un moment debout, dos à la route, laissant la splendeur du paysage l'envahir peu à peu. C'est vrai que ces collines et ces pitons rocheux étaient magnifiques !... Sauf que lui, il n'en avait rien à faire ! Ce n'était sûrement pas un beau paysage qui allait le faire revenir sur ses pas... C'était beau, pourtant. Son père avait raison... Ah, si seulement il pouvait rester là, seul, à jamais entouré de beauté !

Hélas, ce bonheur ne lui serait pas accordé ! Son père gravissait déjà la pente pour le rejoindre. Pourquoi fallait-il qu'il vienne se mettre à côté de lui ?

"Surtout, qu'il ne dise rien, qu'il se taise, au moins !" se dit Mark. Pendant un moment, Jack garda le silence. Puis, il se mit à parler :

« Eh bien, tu as quand même fini par admirer le paysage ! »

Mark acquiesça de la tête.

Surtout, que son père ne parle pas de sa mère, sinon il allait exploser !

« Il y a des gens qui rétrécissent en eux-mêmes, quand ils voient le désert, poursuivit Jack. C'est trop grand pour eux. Ils n'ont rien à quoi se raccrocher, ils ne savent plus où jeter l'ancre. Et puis, il y en a d'autres, comme toi, Mark, qui veulent s'y plonger... Ta mère aussi était comme ça. Elle adorait le désert. »

Le garçon ignorait ce détail. Il esquissa un mouvement vers son père.

« Ah bon ?

— Oui... Ces dernières années, elle n'y allait plus aussi souvent. Mais quand nous étions jeunes, elle voulait toujours m'y emmener. Le jour... la nuit, c'était sans importance.

— Ça alors ! dit Mark, sans vraiment prendre conscience que sa colère s'atténuait.

— Tu lui ressembles beaucoup, tu sais. Tu es têtu, fort. Est-ce que je t'ai raconté la fois où elle m'a forcé à descendre tout en bas du Grand Canyon ? »

Mark secoua la tête et Jack prit son fils par l'épaule pour le ramener à la voiture.

« Ce n'était pas tant la descente qui m'inquiétait. Plutôt la perspective de devoir remonter, qui ne me semblait pas, à l'avance, devoir nous procurer des joies inoubliables. Mais ta mère, c'était plutôt le genre à ne considérer la question qu'une fois en bas... »

Mark ne put retenir un sourire :

« C'est bien d'elle, ça ! »

Jack raconta à son fils la fin de l'histoire, insistant sur les détails. Il raconta la descente, la remontée surtout, plus que pénible, et Janice enfin, qui aurait préféré crever sur place plutôt que de l'admettre !

Ils remontèrent en voiture. La scène était oubliée. Ils reprirent leur route en direction de l'est, vers la nuit qui commençait à tomber.

CINQ

Ils traversèrent l'Arizona, passèrent par Albuquerque, au Nouveau-Mexique, et prirent par le nord du Texas. A Amarillo, ils s'arrêtèrent dans un café pour goûter les fameux steaks de bison, la spécialité de l'endroit. Ensuite, ils remontèrent l'Oklahoma sur sa partie occidentale, longèrent les champs de pétrole et aboutirent au Kansas dont l'immensité des champs de maïs les émerveilla. De là, ils gagnèrent le Missouri et passèrent la nuit dans une auberge de campagne qui semblait tout droit sortie de "La Petite Maison dans la Prairie". Le jour suivant, ils découvrirent l'Illinois, puis l'Indiana, qu'ils traversèrent par le nord, s'arrêtant pour visiter le premier des restaurants McDonald's construit au monde. Après, ils coupèrent le Michigan par le bas, mettant le cap sur Detroit. Là, ils admirèrent le musée d'automobiles, et prirent enfin la route du Canada. Après avoir traversé Toronto, puis Montréal, ils se remirent à rouler en direction de l'est. Ils entrèrent à nouveau aux États-Unis et redescendirent sur le Maine.

Le voyage se passa bien, tant pour le père que pour le fils. Et lorsqu'ils atteignirent la côte atlantique, cela faisait longtemps que Mark avait abandonné toutes défenses et donnait libre cours à son enthousiasme d'enfant. Quand il aperçut pour la première fois la masse gris-bleu de l'océan, il poussa des cris de joie.

Ils s'arrêtèrent sur le bas-côté de la route. La journée était grise, un vent violent soufflait. Ils saisirent leurs vestes sur le siège arrière. Aussitôt dehors, Mark se mit à grelotter.

« Eh bé, tu ne m'avais pas dit qu'il faisait aussi froid ! »

Appuyé à la rambarde de la route, à côté de son père, le garçon claquait des dents. Jack tremblait tout autant et ferma bien haut le col de son imperméable.

« Ce n'est pas qu'il fasse froid, c'est surtout le vent et l'humidité qui vous transpercent jusqu'aux os. On ferait peut-être mieux de remonter en voiture. »

Mark fit non de la tête : il voulait encore regarder. Il se glissa sous la rambarde et s'avança jusqu'au bord d'une petite falaise au pied de laquelle les vagues venaient s'abattre sur d'énormes rocs gris.

« Qu'est-ce que c'est grand ! » s'exclama-t-il, en se serrant lui-même dans ses bras, tandis qu'il contemplait l'océan couvert d'écume.

« Oui, renchérit Jack. C'est difficile d'imaginer quelque chose dont on ne voit pas la fin, hein ? »

Mark pointa le doigt vers l'est :

« Où est-ce qu'on arrive si on prend un bateau et qu'on va toujours tout droit ?

— On finit par arriver en Europe, un jour ou l'autre. »

Mark baissa de nouveau les yeux pour regarder le rivage rocheux :

« Il n'y a pas de plage ?

— Il y en a quelques-unes le long de la côte, des plages de galets pour la plupart. Mais ce n'est pas gênant. Pour autant que je m'en souvienne, l'eau est en général trop froide pour qu'on s'y baigne, même en plein été.

— C'est bête ! »

Jack ne put retenir un sourire.

« Tu sais, il y a plein de choses à faire, sur l'océan, en dehors de nager. »

Mark eut bientôt trop froid pour rester dehors. Ils remontèrent en voiture et son père lui expliqua que le meilleur moyen d'avoir chaud, c'était de mettre plusieurs chandails fins les uns sur les autres, plutôt qu'un seul plus épais.

Ils reprirent la route. Elle longeait la côte, très découpée dans cette région. Ils passèrent bientôt un panneau de bois peint en blanc sur lequel se détachaient les mots : "Rock Harbor, État du Maine".

« C'est ici qu'habite oncle Wallace ? demanda Mark.

— Ouais. Pas mal, hein ? »

Mark hocha la tête. Il n'avait jamais vu de ville semblable. Construits en bois ou en briques, les immeubles étaient peints en blanc pour la plupart, les autres en vert ou en gris. Il y avait des réclames de machines à déblayer la neige et de chauffages électriques dans la vitrine du marchand de couleurs et la station d'essence avait des pneus-neige en promotion. Et surtout, il y avait des maisons qui étaient vraiment grandes.

« Comment ça se fait qu'il n'y ait pas de panneau devant ? demanda Mark.

— Quel panneau ? Devant quoi ? le questionna Jack, désarçonné.

— Je ne sais pas, moi, un panneau avec le nom de l'hôtel, ou qui dise qu'il y a encore de la place ! »

Les sourcils froncés, Jack scruta les deux côtés de la route pour trouver un sens à l'exclamation de son fils. Il finit par comprendre et un sourire éclaira son visage.

« Ce ne sont pas des hôtels, Mark ! Ce sont des maisons individuelles.

— Tu veux dire qu'il n'y a qu'une seule famille dans une maison grande comme ça ? s'exclama Mark, émerveillé. Ils doivent avoir de drôles de grandes familles, par ici !

— Heu, dans le temps, oui, mais je ne crois pas que ce soit encore le cas.

— Ben alors, qu'est-ce qu'ils font avec les pièces en trop ?

— Ils dépensent une fortune en chauffage ! » répliqua Jack.

Ils sortirent bientôt de la ville et prirent une route étroite le long de l'océan. Plusieurs chemins en partaient, mais on ne distinguait pas toujours les maisons auxquelles ils accédaient. Ils finirent par bifurquer dans l'un d'eux, marqué "Propriété privée".

« Heu, il est riche, oncle Wallace ? demanda Mark.

— Mettons qu'il gagne bien sa vie, répondit Jack avec un sourire.

— Il est dans les logiciels d'ordinateur, comme toi ?

— Non. Dans les années 80, il dirigeait un fonds mutuel.

— Qu'est-ce que c'est ?

— Une société qui achète des parts d'autres sociétés et les revend au public.

— Et comment on fait ?

— Eh bien, il s'agit de trouver la société qui a des parts à vendre et qui présente le moins de risques pour l'acheteur. C'est un peu compliqué, mais Wallace a très bien réussi.

— Et il fait quoi, maintenant ?

— La même chose, mais en plus relax. »

Mark lança un regard à son père.

« Il est riche, alors !

— Disons qu'il vit confortablement. Il ne possède pas de choses de grande valeur, mais il pourrait en avoir s'il en avait envie.

— Ça va, j'ai compris », répondit Mark.

Au sommet du chemin, une grande bâtisse blanche, toute tarabiscotée, s'offrit à leurs regards : c'était la maison de Wallace. Elle donnait sur la mer que l'on voyait de la véranda. Mark compta rapidement les cheminées : il y en avait quatre.

Jack coupa le moteur. Le père et le fils sortirent de voiture et s'étirèrent longuement.

« Pas mal, hein ? » demanda Jack.

Mark fit oui de la tête. La maison avait un air amical ; malgré sa taille, elle n'était ni imposante, ni sinistre. Des bicyclettes étaient remisées sur la véranda qui courait sur tout le tour de la façade et, dans le jardin, il y avait une petite aire de base-ball. Mark ne s'était rien imaginé à l'avance, mais l'aspect de la maison le rassura.

La porte d'entrée s'ouvrit d'un coup et Wallace en sortit.

Il était en baskets et portait un gros chandail de laine brune sur son jean. Il descendit le perron, se tenant légèrement courbé, et il fallut un petit moment à Mark pour comprendre qu'il avait sur le dos une petite fille de cinq ou six ans, toute blonde, avec une raie au milieu de la tête et des couettes. Ce devait être Connie.

Wallace avait un grand sourire aux lèvres et, dans son dos, la petite fille riait aux éclats. Malgré cet accueil chaleureux, Mark se sentit intimidé et resta en retrait. Son oncle descendait les marches du perron et s'exclamait, la main tendue :

« Enfin, vous voilà rendus !

— Tu parles d'un trajet ! Dix États plus le Canada en quatre jours ! répliqua Jack, en serrant la main de son frère.

— Tu as pris par le nord, je vois.

— Oui. J'ai pensé que ce serait plus intéressant pour Mark. Il n'était encore jamais allé plus loin que le Mississipi. »

La petite fille s'agita sur le dos de son père et Wallace se mit à rire.

« Ça va, ça va, Connie ! Dis plutôt bonjour à ton oncle Jack !

— Bonjour, oncle Jack ! » hurla la petite fille.

Wallace fit la grimace.

« Félicitations, chérie ! En plein dans l'oreille !

— Bonjour, Connie ! Tu vas bien ?

— Ça va. »

A la voix de Jack, la petite fille s'était faite toute timide et se cachait derrière son papa. Jack complimenta son frère.

« Qu'est-ce qu'elle est mignonne !

— Tout le portrait de sa mère ! » répondit Wallace.

Il s'adressa à Mark, resté en retrait.

« Ça va la vie, Mark ?

— Très bien, répondit celui-ci avec un sourire intimidé.

— C'était bien le voyage ?

— Oui, sauf pour les endroits tout plats.

— C'est vrai que le Middle West n'est pas très varié, comparé à vos paysages.

— Votre région est drôlement belle aussi, s'empressa d'ajouter Mark.

— C'est vrai. Surtout l'océan et la côte. Nous avons plein d'îles et de petits ports très jolis. J'espère que nous pourrons t'emmener visiter le Parc national d'Acadie, pendant que tu es là. Ça dépendra de mon travail pendant les deux semaines à venir... Eh, là-haut ! Qu'est-ce qui se passe ? »

Connie s'était mise à gigoter sur le dos de son père.

Il fit glisser de ses épaules la petite fille qui alla prendre Mark par la main et se mit à le tirer.

« Viens ! Maman m'a dit que je pouvais te montrer la maison. »

Mark guetta l'approbation de son oncle. Celui-ci se mit à rire :

« N'essaie pas de lui résister, c'est toujours elle qui gagne ! »

Les enfants s'éloignèrent en direction de la maison. Jack avait fait un mouvement pour les suivre, mais son frère le retint par la manche et il se contenta de les suivre des yeux.

« Comment va ton gamin ? lui demanda Wallace.

— Bien, je pense. C'est difficile à dire.

— Il n'en parle pas, c'est ça ?

— Oui, il ne dit pas grand-chose. Nous avons eu un petit accrochage, le premier jour du voyage. Il dit tout le temps que sa mère n'est pas morte. Qu'elle est toujours là. Je ne comprends pas très bien s'il veut dire que Janice est toujours là physiquement, ou s'il parle de son esprit. Ou s'il veut dire qu'elle continue de vivre dans notre mémoire.

— Ça t'inquiète ?

— Pas trop. C'est sans doute normal pour son âge. »

Wallace eut une mimique d'acquiescement. Les deux frères gardèrent un moment le silence, immobiles dans l'air humide et froid de la mer, puis Wallace reprit :

« Et toi, tu tiens le coup ? »

Jack haussa les épaules.

« Ça va, surtout quand je m'abrutis suffisamment pour ne pas penser.

— Vous formiez un bon couple, reprit Wallace. C'est dans ces moments-là qu'on regrette de s'être bien entendus... Ç'aurait été plus facile.

— A propos de couple, tu me jures que Susan est bien d'accord pour prendre Mark ? Je ne voudrais pas qu'il soit un fardeau pour vous. »

Wallace se força à sourire.

« Ne t'en fais pas, c'est exactement le changement qu'il lui faut. Viens lui demander, elle est à l'intérieur. »

Les deux frères se dirigèrent vers la maison, regardant leurs enfants courir sur la véranda. C'était la première chose que Connie avait décidé de montrer à son cousin.

« Tu vois, elle fait tout le tour de la maison ! » expliquait-elle, sans cesser de courir.

Les jambes raides et le souffle court après ces quatre jours de voiture, Mark avait du mal à la suivre. Revenus tous les deux à la porte d'entrée, Connie, pleine d'enthousiasme, proposa à Mark de lui montrer sa chambre.

« C'est en haut. Il y a dix-huit marches à monter ! »

Elle ouvrit tout grand la porte et ils pénétrèrent dans le hall. Ils allaient prendre l'escalier, lorsqu'une voix appela :

« Connie ? Ils sont arrivés ? »

Une dame sortit dans le hall. Elle était jolie, avec des cheveux bruns coupés court et de grands yeux marron. Son regard croisa celui de Mark et tous deux, immobiles et silencieux, restèrent les yeux dans les yeux. Un bref instant, Mark eut l'impression que plus rien d'autre n'existait dans la pièce que cette femme et lui, et cette sensation fut si forte qu'il en eut la chair de poule. Bien qu'ils ne se fussent jamais vus, leurs yeux se disaient qu'ils se connaissaient, qu'ils avaient en commun une expérience identique, quelque chose d'essentiel.

Les pas de Jack et de Wallace se firent entendre sur la véranda et Mark reprit ses esprits. Le charme était rompu. Tout le monde se retrouva dans l'entrée et Susan s'avança vers son beau-frère pour le serrer dans ses bras.

« Susan ! Tu as l'air en pleine forme. »

Jack lui rendit ses baisers et elle se retourna vers Mark.

« Alors c'est toi, mon petit Mark ! » fit-elle, se penchant vers lui pour l'embrasser.

Wallace donna une joyeuse bourrade au garçon :

« Tu ferais mieux de filer si tu ne veux pas qu'elle te couvre de baisers ! »

Avant d'avoir eu le temps de comprendre si son oncle avait parlé pour blaguer, Mark se retrouva emprisonné dans les bras de Susan.

« Essaie un peu de m'en empêcher ! » rétorquait-elle.

Il éprouva soudain une impression étrange, presque désagréable, qu'il aurait été bien incapable d'expliquer. Sa tante dut ressentir la même chose, car elle ne fit pas durer son baiser et recula d'un pas en arrière :

« Je crois que tu vas te plaire chez nous. Il y a les bois, et il y a la plage aussi.

— La plage ? fit Mark, lançant un regard interrogateur à son père.

— Oh, ça ne veut pas dire que tu vas pouvoir te baigner ! » précisa Wallace.

Jack voulut expliquer l'étonnement de son fils.

« Il ne parle pas de nager. C'est parce que je lui ai dit que la côte était rocheuse. J'avais complètement oublié que vous aviez une plage aussi.

— Tu verras, tu n'auras pas le temps de t'ennuyer. Tu vas avoir plein de choses à découvrir ! » poursuivit son oncle.

S'étant glissée au milieu du groupe, Connie tirait avec insistance sa mère par la manche :

« Maman, à mon tour, s'il te plaît. Il faut que je montre la maison à Mark ! »

Elle se tourna vers son cousin et lui tendit la main. Avant que Mark n'ait eu le temps de la suivre, Wallace avait saisi la petite fille à bras-le-corps et la soulevait dans les airs en lui faisant des chatouilles.

« Dis donc, toi ! N'oublie pas que Mark fait partie de la famille, maintenant ! »

Tout en retenant Connie prisonnière, il ajouta à l'intention de son neveu :

« Si jamais quelqu'un t'embête, et en particulier ce petit monstre que voilà, surtout viens me le dire, hein ? »

Mark regarda Connie en train de gigoter dans les bras de Wallace et observa le reste de la scène : son père et sa tante s'étaient écartés, exprès sans doute, car ils s'étaient mis à parler à voix basse. De lui, selon toute vraisemblance. Par discrétion, il se retourna vers Wallace.

Susan interrogeait son beau-frère.

« Comment réagit-il ?

— Comme n'importe quel gamin de douze ans, j'imagine. Plutôt mal.

— Est-ce que Wallace t'a parlé d'Alice Davenport ?

— Non. Qui c'est ?

— Une psychothérapeute. »

Voyant Jack esquisser une moue, Susan s'empressa de préciser :

« C'est une amie aussi. Nous la connaissons depuis des années. Je suis sûre qu'elle va te plaire.

— Je dois la rencontrer ? s'étonna Jack.

— Nous l'avons invitée à dîner. Ça ne t'ennuie pas, j'espère ? »

Jack mit un temps à réaliser que c'était pour son fils que Susan avait invité une psychothérapeute. Il chercha soigneusement ses mots avant de répondre :

« Non, enfin, je ne crois pas. On verra ce que ça donne. Mais même si ça ne marche pas, je te remercie du mal que tu te donnes. »

Susan lui saisit la main et la serra.

« Janice en aurait fait autant, tu sais ! »

Mark regardait toujours autour de lui : Connie continuait de se débattre dans les bras de Wallace, et Jack parlait toujours tout bas avec Susan ; l'atmosphère de la maison était chaude, amicale. Il en venait à se dire qu'il n'allait pas être trop malheureux ici, lorsque Connie poussa un hurlement en désignant l'escalier. Ils levèrent tous la tête.

En haut des marches, penché par-dessus la rampe, quelqu'un les observait, quelqu'un qui avait un visage aussi sinistre que le Fantôme de l'Opéra. Mark ne put s'empêcher de tressaillir. Tout le monde semblait paralysé d'effroi. Son oncle fut le premier à reprendre ses esprits :

« Très drôle, Henry. Maintenant, descends ! »

Mark comprit que c'était son cousin et il le détailla : celui-ci portait une chemise bleue sous un sweat-shirt marron et il était en jean. Mais surtout, il avait l'air plus grand que lui.

Henry dévalait l'escalier et sautait d'un seul bond les cinq dernières marches. Il se reçut lourdement. Il s'approcha de Mark en faisant semblant de boiter fortement et s'immobilisa devant lui, en émettant des sons bizarres et incohérents derrière son masque.

Du coin de l'œil, Mark nota que sa tante, tout d'abord horrifiée, semblait trouver maintenant la scène amusante.

Wallace reprit la parole, sur un ton qui se voulait conciliant :

« Ça va, maintenant. Montre-nous plutôt tes talents de maître de maison ! »

Henry retira son masque. Un garçon blond, débordant d'énergie, apparut, plein de gaieté, heureux de l'effet qu'il avait produit sur chacun. Il tendit à Mark un masque identique au sien.

« J'en ai fait deux. Comme ça, on est des frères. »

Mark le mit sur son visage et regarda les autres membres de la famille. Ceux-ci prirent le parti de rire. Mais leurs rires exprimaient plus le soulagement qu'une joie sincère.

Henry remit également son masque et les deux garçons s'amusèrent à se faire des courbettes l'un à l'autre. Susan sourit et dit, en passant la main dans les cheveux de son fils :

« Aussi incroyable que cela puisse paraître, ce charmant garçon est mon grand fils. »

SIX

Le reste de l'après-midi s'écoula rapidement. Connie n'eut de cesse que Mark accepte de faire avec elle le tour du propriétaire. Il ne le regretta pas. De sa vie, il n'avait vu des pièces et des escaliers en aussi grand nombre : il y en avait sur trois étages, sans compter le sous-sol et le grenier. Plus tard, Henry vint les rejoindre et les trois enfants descendirent au bord de l'océan. Longue d'une vingtaine de mètres, une plage de sable gris, bordée de part et d'autre de falaises à pic, se nichait au creux de rochers sombres et menaçants. Des mouettes tournoyaient dans l'air humide du large. Les enfants s'amusèrent à lancer des galets dans les rouleaux jusqu'à ce que Mark, qui n'était pas encore habitué au froid humide de la région, se mît à claquer des dents. Ils n'étaient pas restés très longtemps dehors, mais ils décidèrent de rentrer.

Ils passèrent par la porte de derrière et trouvèrent Susan dans la cuisine en train de préparer le dîner.

« Maman, on pourrait avoir un chocolat chaud ? demanda Henry.

— Bien sûr ! » répondit Susan, reposant immédiatement dans l'évier la pomme de terre qu'elle était en train d'éplucher. La rapidité avec laquelle elle avait pris la boîte de cacao rappela à Mark sa mère, toujours prête, elle aussi, à abandonner ce qu'elle était en train de faire pour servir quelqu'un. Les mères de ses copains n'étaient pas toutes comme cela, il en connaissait plusieurs qui voulaient toujours finir ce qu'elles avaient en train, avant d'accéder au désir de leurs enfants.

Tout en sortant le lait du réfrigérateur, Susan remarqua que Mark tremblait très fort.

« Tu as froid ? lui demanda-t-elle.

— Plus maintenant. Mais j'ai eu froid dehors.

— Ce n'est pas étonnant avec la veste que tu as, constata-t-elle sur un ton inquiet. Elle est certainement parfaite pour les soirées de l'Arizona, mais elle ne fait vraiment pas l'affaire dans nos régions.

— C'est la plus chaude que j'aie ! répondit Mark avec un haussement d'épaules.

— Eh bien, Henry va t'en prêter une, n'est-ce pas, mon garçon ? » dit Susan en levant les yeux vers son fils.

Tournant la tête vers Henry, Mark surprit une expression de malveillance glaciale dans le regard de son cousin. Cela n'avait pas duré plus d'une seconde, mais Mark aurait pu jurer qu'il ne s'était pas trompé. Pourtant, Henry le gratifiait maintenant d'un large sourire, affirmant :

« Voyons ! Bien sûr que oui ! Nous sommes frères. Ce qui est à moi est à toi. »

Perplexe, mal à l'aise, Mark se dit que son imagination devait lui jouer des tours et il rendit son sourire à Henry.

Le soir venu, tout le monde fut convié à passer à la salle à manger. C'était une vaste pièce dont le sol était recouvert d'un tapis. Au centre trônait une grande table rectangulaire. D'un côté, de larges baies vitrées à rideaux de dentelle ouvraient sur l'océan. De l'autre, des portraits de famille leur faisaient face. Deux gros radiateurs d'un modèle ancien soufflaient et ronronnaient avec de bruyants à-coups. A un bout de la pièce, un feu crépitait dans la cheminée de pierre.

Les enfants se tenaient dans la salle à manger. Wallace et Susan étaient encore dans la cuisine et, dans le salon, Jack parlait à une dame qui venait d'arriver. Profitant de ce qu'ils étaient seuls, Mark demanda à ses cousins quels étaient les gens que représentaient les portraits.

« Ce sont les parents de maman, répondit Connie.

— Que tu es bête ! Tu sais bien que ce sont ses grands-parents ! » la reprit son frère.

Ce n'était pas la première fois de la journée qu'Henry corrigeait sa sœur, il l'avait fait même parfois assez brutalement, comme s'il y prenait un malin plaisir. A d'autres moments, en revanche, il s'était montré tendre et gentil avec elle. Mark se dit que ce devait être l'habitude entre frères et sœurs. D'ailleurs, Connie ne se laissait pas démonter. Elle poursuivait :

« C'est eux qui ont construit la maison ! »

Henry ne put se retenir d'apporter encore une précision.

« Pas de leurs propres mains. Ils l'ont fait construire, bien sûr ! »

« Allez, tout le monde ! appela Wallace, portant un grand plat à découper avec le rôti. A table ! »

Mark restait debout, indécis.

« Nous, on se met ici, lui expliqua Henry, et les grandes personnes de l'autre côté. »

Il s'assit en bout de table, Mark se plaça à côté de lui et Connie vint s'installer en face de Mark.

Suivie de Jack, la dame invitée fit son entrée dans la salle à manger. Mark l'observa, elle paraissait plus âgée que son père, mais plus jeune que ses grands-parents : il lui attribua d'office la cinquantaine. Elle avait les cheveux presque entièrement gris, des lunettes à monture dorée et portait une ample robe rouge.

« Mark, je te présente Alice Davenport, une amie de Wallace et de Susan, expliqua Jack à son fils.

— Bonsoir ! » fit Mark avec un signe de tête.

A en juger d'après la manière dont elle avait parlé avec son père, elle devait être plus qu'une simple amie pour son oncle et sa tante.

« Bonsoir, Mark, dit Alice. Ton père vient de me dire plein de choses sur toi.

— J'espère que c'était du bien !

— Oh, absolument ! » répondit-elle avec chaleur.

Et Mark lui rendit son sourire, persuadé à l'avance qu'il aurait l'occasion de rencontrer à nouveau cette dame durant son séjour dans le Maine.

Wallace avait entrepris de découper le rôti ; il s'adressa à son fils :

« Dis donc, Henry, tu n'as pas quelque chose à faire ? »

Celui-ci courut à la cuisine. Il en revint avec une bouteille de vin et fit le tour de la table pour servir les grandes personnes. Remarquant que Mark le suivait des yeux, il cligna de l'œil dans sa direction et monta la bouteille à ses lèvres, comme s'il s'apprêtait à boire au goulot.

« Papa, regarde ! » s'exclama Connie.

Wallace releva la tête.

« Gros malin, va ! bougonna-t-il en souriant. Passe plutôt ça à Mark. »

Et il tendit une assiette pleine à Henry.

Susan vint prendre place à table et souhaita à tous un bon appétit. Remarquant que Jack semblait perdu dans la contemplation de la tranche de rôti et des légumes verts qui garnissaient son assiette, elle lui demanda, en prenant la mine inquiète de la maîtresse de maison :

« Quelque chose ne va pas ?

— Non, non, tout est parfait », répondit-il, en pensant que ce repas, fait à la maison, était le premier qu'il prenait depuis bien longtemps. « Sauf que ça a l'air trop bon pour qu'on le mange ! » ajouta-t-il avec un sourire.

Sa remarque fit rire les adultes et Mark se demanda ce qu'elle avait de drôle.

« Tu ferais bien de prendre des réserves, lui conseilla Wallace. Ça risque d'être ton dernier "repas-maison" avant un bon bout de temps ! »

Mark se redressa sur son siège. Il plissa fort les yeux. La remarque de Wallace lui avait rappelé que son père partait pour le Japon et qu'il allait rester seul chez son oncle et sa tante, il l'avait presque oublié ! Il ne se sentit pas trop angoissé à cette perspective : Susan et Wallace avaient l'air très gentils ; Connie n'était pas mal non plus pour une fille, en tout cas pour le moment. Mais avec les petites sœurs, on ne sait jamais si elles ne vont pas se changer en sangsues et vous coller aux basques sans qu'il y ait moyen de s'en débarrasser !

Restait Henry... Jusque-là, il avait été plutôt sympathique et à la plage, ils s'étaient bien amusés, tous les deux. Mais il y avait eu des moments dans la journée où son cousin s'était montré bizarre, comme lorsque Susan lui avait dit de prêter une de ses vestes : il avait fait une de ces têtes, alors, une tête qui ne s'oublie pas ! A d'autres moments aussi, il avait posé sur Mark des regards étranges, des regards qui lui avaient fait une impression sinistre, comme si quelque chose de pas tout à fait normal était en train de se passer.

Se rappelant la conversation qu'il avait eue avec son père pendant le voyage, Mark s'était forcé à ne pas y prêter attention. Jack l'avait prévenu qu'il passait par une période de stress et qu'il aurait nécessairement des moments difficiles en se retrouvant tout seul, sans sa mère, décédée, et sans son père, parti à l'étranger. Qu'il ne devrait pas s'inquiéter, ni prendre les choses trop au sérieux, car dans ces moments-là, on perçoit bien souvent les choses d'une manière qui n'a rien à voir avec la réalité.

A l'autre bout de la table, les grandes personnes parlaient du voyage de Jack. Susan regarda les enfants et s'aperçut que sa fille prenait ses brocolis avec les doigts. Elle l'interpella :

« Tu as une fourchette, Connie !

— C'est parce que j'en attrape plus avec mes doigts !

— Laisse-les continuer comme ça et ils pourront courir pour attraper du dessert ! »

Tout en portant un morceau de viande à ses lèvres, Mark se dit qu'il aimait bien la manière que Susan avait d'être stricte, tout en faisant de l'humour. Le style de sa tante lui plaisait et il se sentait instinctivement porté à lui faire confiance. Il laissa son regard glisser sur Alice Davenport et se demanda ce que faisait cette dame ici, dans ce dîner de famille.

Il n'eut pas le temps de trouver une réponse à la question. Une violente douleur venait de lui transpercer le tibia, aussi forte que celle qu'il avait ressentie, le jour où il s'était cogné contre une table basse en verre. Il dévisagea son cousin. L'air franc et innocent, celui-ci le fixait. Mark ne s'y laissa pas prendre : seul Henry était assis suffisamment près de lui pour avoir pu lui envoyer un coup de pied.

Mark n'allait pas se laisser martyriser sans rien faire. Il plia la jambe sous sa chaise et, de toutes ses forces, rendit le coup de pied. Il s'attendait à ce qu'Henry pousse un gémissement ou déclenche une bagarre, mais son cousin ne fit que fermer les yeux, le temps que passe la douleur, et les rouvrit bientôt, en lui adressant un grand sourire.

Mark en resta perplexe, ne comprenant pas ce que signifiait ce sourire. Puis il supposa qu'Henry avait voulu tester sa résistance et le félicitait de savoir supporter la douleur. Se jugeant quitte avec son cousin, Mark lui rendit son sourire, heureux aussi de partager avec lui un secret.

Henry se mit à glousser. Mark le regarda un instant sans comprendre et se mit à rire avec lui. A mesure que la douleur s'estompait, il commençait, lui aussi, à trouver assez drôle que des enfants bien élevés réussissent à se donner des coups de pied sous la table, sans que les adultes s'en aperçoivent le moins du monde.

Leurs rires augmentaient. Et Alice Davenport, posant la main sur le bras de Jack, lui fit remarquer que les garçons s'entendaient déjà à merveille et qu'il pouvait partir au Japon sans inquiétude.

Après le dîner, Mark accompagna Jack à la voiture. La nuit était tombée et l'air était froid, mais le garçon était trop préoccupé par le départ de son père pour le sentir.

« Il faut vraiment que tu t'en ailles ce soir ? Tu ne peux pas partir seulement demain matin ?

— Mon avion décolle à sept heures. Je dois arriver à Boston dans la nuit et dormir un peu. Tu sais bien que si ça dépendait de moi, je resterais avec toi ! »

Mark fit un signe affirmatif. Jack ouvrit la portière, mais

au lieu de s'installer à l'intérieur, il s'accroupit de manière à être à la hauteur des yeux de son fils.

« Tu as bien compris pourquoi je dois partir ? » lui demanda-t-il.

Mark eut un frisson et fit oui de la tête. Jack le prit dans ses bras et le serra contre lui.

« Je te quitte maintenant, pour ne plus jamais avoir à le faire. Je serai absent trois semaines. Probablement moins que ça. »

Mark détourna son regard. Il savait que son père était obligé de se rendre au Japon s'il voulait sauver son entreprise ; il le savait depuis plus d'une semaine et s'y était préparé. Mais maintenant qu'était arrivé le moment de la séparation, il ne voulait pas le laisser partir. Ni maintenant, ni jamais.

« Tu as peur que je ne revienne pas ? Tu as peur de te retrouver seul au monde ? lui dit Jack, devinant les craintes de son fils.

— Et si ton avion s'écrase ?

— Ça n'arrive pas si souvent, tu sais. Il y a des milliers d'avions qui volent chaque jour.

— Avec la chance qu'on a, nous, en ce moment ! ne put s'empêcher de bredouiller Mark.

— La foudre ne tombe jamais deux fois au même endroit, comme on dit. Je sais que c'est dur. Mais il faut que toi et moi, nous commencions à penser à l'avenir. N'est-ce pas ?

— Oui, dit Mark d'une toute petite voix.

— Il y a quelque chose d'autre qui t'inquiète ?

— Cette dame, Alice, pourquoi est-ce qu'elle est là ? »

Jack s'attendait à ce que Mark lui pose cette question.

« C'est une psychologue, répondit-il.

— Et alors ?

— Étant donné que je te laisse dans un moment critique pour toi, j'ai pensé, et Susan aussi, qu'il serait bon que tu aies quelqu'un à qui parler », expliqua-t-il pour rassurer son fils.

Lui-même s'était tranquillisé. Au cours de la soirée, il

avait découvert en Alice quelqu'un d'ouvert et de sympathique, et il s'était rallié volontiers à la suggestion de Susan.

« Mais je ne la connais pas, cette dame, moi ! » riposta Mark.

Jack ne put réprimer un léger sourire.

« Justement, ça rend souvent les choses plus faciles. »

Ce n'était pas l'avis de son fils.

« Ben, moi, je préfère te parler à toi !

— Ça ne va pas être si commode. Pas seulement parce que le téléphone coûte cher, mais parce que c'est la nuit là-bas quand il fait jour ici.

— Eh bien, j'attendrai que tu reviennes !

— Mark, ce n'est pas la fin du monde d'aller voir Alice de temps en temps, quand même, hein ? »

La proposition laissa Mark stupéfait.

« Parce qu'il faut que j'aille la voir, en plus ?

— Mais oui ! » Jack commençait à se rendre compte qu'il avait eu tort de supposer que Mark accepterait d'emblée son idée.

« Que j'aille la voir chez elle ? répétait le garçon.

— C'est là qu'elle a son cabinet de consultation. Mais ça n'a rien à voir avec une visite chez le médecin. Elle ne va pas te faire de piqûres, tu sais !

— Et il faudra que je lui parle ? » dit Mark, d'une voix moins tendue : parler, c'était mieux qu'une piqûre, mais ce n'était pas drôle quand même !

« Écoute, tu feras comme tu le sens, conclut son père. Si tu veux simplement rester trois quarts d'heure à la fixer sans rien dire, c'est ton affaire. Mais je serais rassuré de savoir que tu vas aller la voir. »

Mark renâclait, les yeux au ciel, et Jack se força à sourire.

« Allez, fais-moi un sourire ! Tu trouveras bien un moment de temps en temps pour aller voir Alice, non ? C'est les vacances de Noël. Tu vas t'embêter, si tu ne fais rien d'autre que de jouer avec tes cousins et de t'amuser en attendant mon retour ! »

Mark se rendait bien compte que son père faisait tout son

possible pour lui remonter le moral et, de son côté, il ne voulait pas compliquer les choses. Ne sachant que dire, il garda le silence. Il avait froid et commençait à grelotter.

« Tu vas voir, poursuivit son père, tout va bien se passer. Et tu sais comment je le sais ? »

Mark secoua la tête. Il claquait des dents.

« Je sais que tout va bien se passer parce que j'ai confiance en toi. »

Mark acquiesça. Il tremblait de plus en plus fort. Jack s'en aperçut et tâta la veste de son fils.

« Ça ne m'a pas l'air chaud-chaud pour ici !

— Ça ira, papa. Susan a dit que je pourrais mettre une des vestes d'Henry. »

Jack poussa un soupir déprimé.

« Ce n'est pas encore cette fois-ci que je vais remporter le trophée du Meilleur Père de l'Année, hein ? »

L'autocritique déplut à son fils. Ce n'était pas la faute de Jack, si sa veste n'était pas assez chaude ! Il savait que son père faisait de son mieux. Il lui passa les bras autour du cou.

« Je t'aime, mon papa !

— Tu as bien raison », dit Jack en le serrant fort et en essayant de refouler les larmes qui lui montaient aux yeux. « Essaie seulement de faire autrement !

— J'ai pas envie, tu sais ! »

Mark se pressa contre son père, autant pour l'empêcher de partir, que pour lui cacher ses larmes qu'il sentait sur le point de couler. Jack lui dit dans un murmure :

« Nous serons bientôt ensemble, de nouveau tous les deux, je te le promets. Mais maintenant, il faut que je prenne la route. »

Il se dégagea doucement. Il se glissa à l'intérieur de la voiture et claqua la portière. Séparés par la vitre, le père et le fils se regardèrent une dernière fois. Jack mit le moteur en marche et démarra lentement.

Mark regarda la voiture s'éloigner jusqu'à ce que les feux

arrière aient disparu dans le tournant de la route, le long de l'océan. Alors seulement, il fit demi-tour et reprit le chemin de la maison. La porte d'entrée était ouverte. Sur le seuil, la silhouette de Susan se dessinait, accueillante dans la lumière.

SEPT

Après le dîner, les trois cousins restèrent à regarder la télévision. Comme ils étaient en vacances, Susan leur permit de veiller tard, mais c'était aussi pour que Mark ne se sente pas perdu, tout seul, loin de chèz lui. Quand les garçons montèrent se coucher, Mark était si fatigué qu'il se mit au lit sans rien regarder de la chambre d'Henry qui allait devenir aussi la sienne. Il remarqua à peine qu'on éteignait la lumière. La seule chose dont il eut vaguement conscience, avant de sombrer dans le sommeil, fut que son cousin se couchait dans le lit voisin.

Le lendemain matin, il se réveilla dans une pièce inconnue, inondée de soleil. Assis dans son lit, il en fit des yeux le tour et il lui fallut un certain temps pour réaliser qu'il se trouvait dans la chambre d'Henry.

Il était seul. Le lit de son cousin était vide, les draps et les couvertures laissés tout en désordre. Mark examina les lieux. Un établi, encombré d'outils et de radios démontées, occupait tout un mur. Dans un coin, plus loin, étaient cachés un arc et deux pistolets à air comprimé. Il y avait encore un jeu de petit chimiste ouvert, et une expérience laissée en train. Casques et ceinturons militaires étaient éparpillés aux quatre coins, des boîtes de munitions vides traînaient un peu partout, il y avait aussi une bêche pliante qui venait de l'armée. Quant aux murs, ils étaient pris d'assaut par des tanks, des bombardiers, des missiles, des sous-marins, et autres modèles réduits de toutes sortes ! Le mot "guerre" lui vint à l'esprit, c'est celui qui rendait le mieux l'atmosphère générale de la pièce.

Il sortit de son lit et alla à la fenêtre. Le temps était splendide. Il vit Henry qui s'éloignait de la maison, des bouts de planches sous un bras, un marteau et une scie dans les mains.

Craignant d'avoir été laissé pour compte, Mark s'empressa d'ouvrir la fenêtre pour appeler son cousin. Un air glacé s'engouffra dans la pièce, mais il se pencha quand même au-dehors.

« Henry ! » appela-t-il, surpris de découvrir qu'un long filet de vapeur s'échappait de sa bouche.

Son cousin devait être trop loin.

« Henry ! » cria-t-il plus fort.

Le garçon continuait de marcher, sans se retourner, en direction d'un bois au bout du jardin, derrière la maison. Hurler ne servait à rien. Mark referma la fenêtre en grelottant et se dépêcha de s'habiller.

Il sortit dans le couloir. En allant vers l'escalier, il remarqua une porte ouverte. Il passa la tête à l'intérieur et découvrit une pièce que Connie ne lui avait pas fait visiter : c'était une chambre d'enfant, avec un tout petit lit, des livres d'images bien rangés sur une étagère et de grands jouets de plastique joliment disposés ; tout y était si net, si propre que l'on se serait cru dans un musée et Mark comprit que c'était cet ordre parfait qui l'avait fait s'arrêter. Il lui revint subitement en mémoire qu'il y avait eu un troisième enfant dans la famille, un petit garçon, qui était mort. Cette chambre, sans doute, avait été la sienne.

Tout en enfilant sa veste, Mark dévala l'escalier, sautant les marches deux par deux. Il avait déjà la main sur la poignée de la porte, lorsque Susan surgit dans l'entrée, vêtue aujourd'hui d'un ample sweater blanc et de jean.

« Pas si vite, jeune homme ! lança-t-elle, un large sourire aux lèvres. Il se trouve que le petit déjeuner est un repas que je prends très au sérieux !

— Mais... dit Mark, en voulant jeter un coup d'œil dehors.

— Il n'y a pas de mais ! »

Elle l'entraîna dans la cuisine. Servi sur une table de bois ronde, le petit déjeuner se composait de petits pains, de céréales de toutes sortes, de lait et d'un grand pot de jus d'orange. Susan retira une poêle du feu.

« Il se trouve aussi que je suis en train de faire des crêpes, mais si tu préfères des céréales... »

A choisir, Mark aurait préféré aller rejoindre son cousin. Mais il ne voulut pas se montrer mal élevé et dit :

« Des crêpes, c'est super ! »

Susan lui en servit deux sur une assiette et lui demanda s'il voulait aussi des saucisses.

« Heu, non merci, répondit Mark.

— Tu veux du vrai sirop d'érable du Vermont ?

— Heu, qu'est-ce que c'est ?

— Tu n'as jamais goûté de vrai sirop d'érable du Vermont ? » s'exclama Susan, stupéfaite.

Mark fit non de la tête.

« Alors là, tu vas te régaler ! Parce que ça, c'est du vrai sirop. Directement sorti de l'arbre ! »

Elle en arrosa copieusement ses crêpes et Mark y trempa sa fourchette pour goûter. C'est vrai que c'était légèrement différent des sirops qu'on lui avait servis au "Palais de la Crêpe" ou dans d'autres crêperies, mais il ne voyait cependant pas très bien ce que ce sirop-là avait de si extraordinaire.

Désignant du doigt la bouteille, Susan expliqua d'une voix pleine d'emphase :

« Ça, c'est fait à partir de la vraie sève d'un vrai érable. Rien à voir avec les sirops qu'on trouve dans le commerce et qui contiennent uniquement de l'eau, du sucre et des colorants ! »

Mark hocha la tête et se mit à manger sous l'œil attentif de sa tante. Il n'aimait pas, en règle générale, se sentir surveillé de la sorte, épié presque, mais aujourd'hui, seul parmi des gens qui lui étaient encore inconnus, il appréciait que quelqu'un prenne tout particulièrement soin de lui.

Susan dut le sentir, car elle vint s'asseoir à côté de lui et lui prit la main. Plongeant ses yeux dans les siens, elle lui dit, d'une voix apaisante :

« Tout va bien se passer, Mark, tu verras. »

Il ne se détourna pas, il soutint, au contraire, longuement son regard et l'impression d'étrange parenté qu'il avait éprouvée la veille le saisit à nouveau.

« Mark ! Mark ! »

Il regarda par la fenêtre : c'était Henry qui était revenu et lui faisait du dehors de grands signes pour qu'il sorte. Il tourna vers sa tante un regard suppliant.

« Ton petit déjeuner s'arrête là ? » interrogea Susan, ajoutant sur un ton d'avertissement amusé : « Passe pour cette fois, mais je te retrouve au déjeuner !

— Merci ! » dit Mark.

En deux temps trois mouvements, il avait passé la porte. A peine le pied dehors, il s'entendit appeler à nouveau et n'eut que le temps de lever les bras pour bloquer un bolide noir qui lui arrivait à toute volée en plein dans la figure. C'était un ballon, et pas un ballon mou, un vrai ballon de foot, en cuir, tout dur, qui lui fit mal lorsqu'il le reçut. Qui aurait pu tout aussi bien lui casser le nez, s'il n'avait réagi aussi vite !

Furieux, il le coinça sous son bras, cherchant des yeux son cousin alentour.

« Hé ! T'as super bien bloqué ! » lui cria Henry en souriant, l'air heureux de constater que Mark avait su contrôler le ballon. « A ton tour de me le lancer ! »

Mark le lui lança assez bas, exprès, en y mettant toutes ses forces. Henry le rattrapa au creux de l'estomac. Un bref instant, Mark craignit que son cousin ne se mette en colère. Mais celui-ci, d'un air enchanté, lui fit signe de sortir davantage dans le jardin pour qu'il lui envoie une autre passe.

Mark s'élança. Cette attaque au ballon est un test, pensa-t-il, comme hier soir, le coup de pied sous la table. Une sorte d'examen où je dois prouver ma force.

Henry envoya le ballon, Mark l'attrapa et le lui renvoya. Et à nouveau, comme la veille, il sentit fondre sa colère.

Se passant l'un à l'autre le ballon, les garçons firent toute la longueur du jardin et parvinrent à l'orée du bois où Mark avait vu son cousin aller ce matin. Au moment de pénétrer sous les arbres, Henry mit le ballon sous son bras et lui fit signe de le suivre.

« Viens ! Je voudrais te montrer quelque chose ! »

Si Henry s'apprête à me montrer des choses, c'est qu'il a dû apprécier mes talents de footballeur, se dit Mark, en s'empressant de le rejoindre.

Les deux enfants, d'un même pas de course, s'enfoncèrent dans le bois.

« Qu'est-ce que c'est ? demanda Mark.

— Tu verras ! »

Ils arrivèrent à un arbre gigantesque. De sa vie, Mark n'avait vu de tronc aussi monumental à la base. L'écorce en avait été entaillée par endroits et de petites marches de bois d'environ douze centimètres sur six y avaient été fichées, permettant ainsi de grimper jusqu'aux premières branches. Des bouts de planches, ceux que Mark avait vu Henry transporter ce matin, étaient éparpillés au pied de l'arbre, à côté de la scie et du marteau. Il y avait aussi des clous.

« T'as le vertige ? demanda Henry.

— Non, répondit Mark en mentant un petit peu.

— Bien. Tu vois ce qu'il y a, là-haut ? »

Henry lui montra du doigt, tout à la cime de l'arbre, une sorte de plate-forme. Les yeux en l'air, Mark acquiesça, puis il reporta son regard sur Henry. Celui-ci finissait d'attacher des planches avec une corde. Il glissa ensuite le marteau dans sa ceinture et fourra une poignée de clous dans sa poche. Il se passa les planches en travers des épaules et tira fort sur la corde pour bien les arrimer autour de son corps. Enfin, il saisit le premier échelon et commença de se hisser le long du tronc.

« On se retrouve en haut. A tout à l'heure ! »

Mark le regardait faire. Il aurait bien préféré rester en bas, sur la terre. Mais Henry ne lui laissa pas le choix. Arrivé aux branches les plus basses, il était déjà en train de l'appeler :

« Tu montes ? »

Sûrement un autre test à passer ! se dit Mark, en déglutissant. Pour rien au monde, le garçon n'aurait voulu passer pour une poule mouillée. Il tendit le bras et s'agrippa au premier échelon.

« J'arrive ! » lança-t-il.

A vrai dire, il ne se sentait pas fier. Il n'y a pas d'arbres si hauts en Arizona, et y en aurait-il eu, qu'il n'aurait jamais eu l'idée saugrenue de vouloir y grimper !

Il atteignit les branches basses plus facilement qu'il ne l'avait imaginé et poursuivit l'escalade. Les branches étaient espacées assez régulièrement et, lorsqu'il en manquait une, Henry avait planté une marche à la place.

S'arrêtant pour regarder vers le sol, il constata, épaté, qu'il se trouvait déjà haut : les planches laissées au pied de l'arbre avaient l'air à peine plus grandes qu'un jeu de construction ! Il leva la tête : au-dessus de lui, étendu de tout son long sur la plate-forme, Henry le regardait monter.

Mark grimpa encore quelques minutes et se retrouva juste sous son cousin. Il saisit une branche à sa portée, et prenant appui du pied sur une autre plus petite, s'apprêtait à se hisser sur la plate-forme, lorsqu'un fort craquement retentit... sous son pied, la branche avait cédé !

Il était en train de tomber !

L'espace d'une seconde, il crut qu'il allait mourir. Dans un effort désespéré, il lança ses mains en l'air, cherchant une prise à laquelle se rattraper. Il se sentit saisi aux poignets. Il releva la tête. Au-dessus de lui, Henry, les bras tendus, le retenait. Épouvanté, Mark avait le cœur qui cognait si fort dans sa poitrine que son corps tout entier en résonnait. Le regard fixe, il scrutait le visage de son cousin : Henry, son unique sauvegarde contre une mort certaine, présentait un regard vide de toute émotion, comme si l'événement ne le concernait pas. Il n'avait même plus son petit sourire habituel.

Balançant les jambes en quête d'un appui, Mark aperçut le sol entre les branches. Il gémit de terreur. Qu'il était haut ! Le cœur faillit lui manquer et il rejeta vivement la tête en arrière, fixant sur Henry des yeux affolés, débordant d'une supplication muette.

Celui-ci remua les lèvres :

« Et si je te lâchais, est-ce que tu volerais ? »

Cette supposition ahurissante, terrifiante, le fit presque hurler : Henry se fichait de sa gueule, ou quoi ! Mark était tellement épouvanté qu'aucun son ne parvint à sortir de sa gorge ; il était à l'entière merci de son cousin. Et si l'autre décidait effectivement de le laisser tomber ? Il se représentait la chose, quand Henry choisit de le tirer jusqu'à ce qu'il réussisse à agripper le rebord de la plate-forme. Mark avait toujours les jambes dans le vide et faisait de son mieux pour se hisser tout seul. Au bout d'un moment, Henry finit par l'aider en l'attrapant sous les bras.

L'instant d'après, les garçons se retrouvèrent tous deux allongés sur la plate-forme, en train de reprendre leur souffle. Des pensées contradictoires agitaient l'esprit de Mark, ébahissement d'être encore en vie, mais en même temps, colère et perplexité devant un cousin qui le laissait pendre dans le vide en lui posant des questions idiotes. Il dévisagea Henry méchamment. Celui-ci lui offrait à nouveau son plus charmant sourire et lui pinça le genou en riant aux éclats, comme si toute l'aventure n'avait été, finalement, qu'une bonne blague...

La gaieté d'Henry était contagieuse et Mark se retrouva involontairement en train de rire avec lui, bien qu'en réalité, il ne trouvât pas l'histoire si cocasse. Et il ne savait plus très bien si c'était de soulagement qu'il riait ainsi, ou par désir de se voir accepté.

Au bout d'un moment, Henry roula sur le côté et se mit à genoux pour détacher les planches qu'il avait montées jusqu'ici. Mark s'agenouilla aussi et regarda autour de lui : une forêt de cimes l'entourait ; sur un côté, il distingua le fin clocher blanc d'une église dans le lointain et les méandres d'une rivière au milieu des collines ; de l'autre, il découvrit l'océan qui s'étendait, immense et bleu, à perte de vue. Le panorama était vraiment spectaculaire.

Il prit une profonde inspiration. Il eut l'impression de respirer pour la première fois depuis son arrivée dans le Maine et il pensa qu'il allait se plaire ici.

« Prends le marteau ! » lui disait Henry.

Il restait sans comprendre.

« Prends le marteau et cloue celle-là ! » lui répéta son cousin, en indiquant l'outil passé dans sa ceinture d'un mouvement du menton, car il tenait des deux mains une planche appuyée contre une branche.

Alors seulement Mark comprit pourquoi Henry avait monté toutes ces planches : il voulait s'en servir pour agrandir la plate-forme.

« Tu veux faire un mirador ? » questionna-t-il, tout en tapant sur un clou qu'il tenait bien droit entre ses doigts.

« Une cabane, simplement.

— Une cabane avec des murs ?

— Avec des murs, des fenêtres, une porte et un toit. »

Mark trouvait le projet un peu ambitieux, mais se rappelant l'établi dans la chambre, il se dit qu'Henry devait être très adroit de ses mains.

Il leur fallut dix minutes pour clouer toutes les planches et Henry déclara, en se laissant glisser hors de la plate-forme, qu'il était l'heure de rentrer.

Il commença à se couler d'une branche à l'autre et Mark attendit qu'il soit un peu descendu pour l'imiter.

En arrivant à terre, il entendit Henry crier des ordres et il aperçut Connie qui s'enfuyait en courant pour échapper à son frère.

« Lâche ça immédiatement ! hurlait Henry en la coursant à toutes jambes.

— Mais puisque je l'abîme pas ! » lui criait la petite fille.

Mark observa ses cousins un moment, puis détourna la tête. Il remarqua alors une branche par terre. Il la ramassa pour l'examiner : c'était celle qui avait failli lui coûter la vie.

Bizarrement, elle était sciée en partie et il comprit pourquoi elle s'était brisée si vite sous son poids ! Un hurlement le fit se retourner et il jeta la branche au loin.

Henry tenait sa sœur prisonnière et tapait de toutes ses forces sur le ballon qu'elle serrait dans les bras.

« Je veux pas le savoir ! criait-il méchamment. Fais ce que je te dis, un point c'est tout ! Je ne veux pas que tu prennes mes affaires, je t'interdis de toucher à ce qui m'appartient, c'est clair ? »

Le ballon s'était échappé des bras de Connie, mais Henry ne relâchait pas pour autant son étreinte et la petite fille s'époumonait :

« Lâche-moi ! Maman, maman ! »

Henry finit par la laisser partir et elle s'enfuit vers la maison, en pleurant à chaudes larmes. Mark vit son cousin ramasser son ballon et le lancer violemment en l'air.

Et il se dit qu'Henry était drôlement possessif, quand il s'agissait de ses affaires !

HUIT

Les garçons rentrèrent à la maison pour déjeuner. Persuadé que Connie s'était plainte de son frère, Mark guettait les réactions de Susan. Mais si celle-ci était fâchée contre son fils, elle n'en laissa rien paraître.

Après le déjeuner, Henry voulut encore aller jouer dehors. Cette fois, les deux garçons s'enfoncèrent davantage dans le bois. Ils traversèrent plusieurs routes et finirent par arriver à une palissade assez délabrée. Ils se faufilèrent entre deux planches et se retrouvèrent sur une petite aire de dépôt ferroviaire abandonnée qui avait dû desservir l'usine toute proche, désaffectée elle aussi. Ils longèrent des carcasses de machines, énormes et toutes brunes de rouille, et s'arrêtèrent à quelques dizaines de mètres d'un bâtiment en brique surmonté d'une verrière immense, faite d'une multitude de petits carreaux.

Henry regardait par terre autour de lui. Il ramassa une pierre.

« Regarde ça ! » dit-il en visant soigneusement.

Une vitre vola en éclats. Retenu par le sentiment d'assister à une mauvaise action, Mark montra une seconde d'hésitation. Le visage de son cousin tendu vers lui, ses sourcils levés, son air de guetter des félicitations, lui firent penser qu'Henry voulait le soumettre à un nouveau test, et toute sa perplexité tomba.

« Chapeau ! Superbe ! s'exclama-t-il.

— A toi, maintenant ! » lui répondit Henry.

Mark ramassa une pierre. L'aspect abandonné du lieu balaya ses dernières réticences ; indéniablement, l'usine ne servait plus. Il lança son projectile à toute volée et atteignit un carreau.

« Bravo ! » hurla Henry, en visant de nouveau.

Un autre craquement se fit entendre. En un rien de temps, ce fut un véritable délire : les pierres pleuvaient, fracassant les fenêtres par dizaines. Mark n'était pas un enfant qui fait des bêtises et le sentiment de mal agir le transportait d'une excitation toute neuve qui lui rendait le jeu doublement exaltant.

« Eh vous, là ! »

Une grosse voix ramena les enfants à la réalité. Ils tournèrent vite la tête. Du fond de la cour, un homme âgé, vêtu d'un bleu de travail, accourait vers eux en agitant les bras.

« On se tire ! » s'écria Henry, et il piqua un sprint à travers l'enchevêtrement de rails. Terrifié à l'idée d'être attrapé, Mark prit aussi ses jambes à son cou et atteignit la palissade avec un soulagement indicible. Il se faufila dans le trou à la suite de son cousin, et les deux garçons se remirent à courir à toutes jambes jusqu'à une petite route.

« Tu crois qu'on l'a semé ? demanda Mark.

— Ouais. Il ne nous a même pas suivis par le trou. De toute façon, ce n'est qu'un gardien.

— Tu savais qu'il était là ?

— Oh, il n'y est pas tous les jours ! »

Ils ralentirent leur allure et se mirent à marcher d'un bon pas en suivant la route. Ils longeaient un mur à demi éboulé et, regardant par-dessus, Mark vit que c'était un cimetière. De larges plaques tombales, plates et grises, se dressaient çà et là, à demi enfouies sous les broussailles et les arbustes. Certaines avaient des coins cassés ou étaient fendues par endroits ; d'autres, plantées en biais, menaçaient de tomber.

Arrivé à un portail tout rouillé, Henry s'arrêta.

« Entrons ! » fit-il.

Mark hésita.

« Tu ne veux pas ? dit Henry, le regardant par en dessous.
— Heu, c'est-à-dire que... c'est un cimetière.
— Et alors, c'est pas les morts qui vont nous en chasser ! »

Ils entrèrent. Tandis qu'Henry se dirigeait tout droit vers un puits de pierre, Mark se promena parmi les tombes, s'arrêtant parfois pour en lire les épitaphes. Un groupe de cinq plaques verticales, bien serrées les unes contre les autres, retint son attention. Il s'accroupit.

« Dis donc ! Il y a toute une famille enterrée là. Ils ont le même nom et ils sont tous morts le même jour, le 10 septembre 1838 ! Dans un incendie, on dirait !
— Ouais, je sais. Super, hein ? » répondit Henry, tout en faisant glisser le couvercle de bois qui fermait le puits.

Super, cinq morts ? Mark trouvait ça plutôt triste. Enfin, c'est vrai que l'accident avait eu lieu il y avait bien longtemps.

Il quitta les tombes et vint rejoindre son cousin près du puits. Henry, le bras à l'intérieur, cherchait un creux entre les pierres. Il finit par le retrouver et en retira une vieille boîte de métal peinte en vert.

« C'est une cachette secrète, compris ? dit-il en l'ouvrant. Tu dois me jurer de ne jamais rien en dire à personne.
— Juré ! » répondit Mark.

La boîte contenait un paquet de Marlboro rouge et blanc et un vieux briquet tout rouillé. Sous le regard ahuri de Mark, Henry sortit une cigarette, la mit entre ses lèvres, l'alluma, en aspira une longue bouffée et la lui passa.

« Non, merci, dit Mark en secouant la tête.
— T'es pas chiche ? » insista Henry.

Mark comprit que son cousin voulait lui faire subir un nouveau test. Mais ce défi-là, il ne voulait pas le relever.

« Ça donne le cancer, de fumer !
— Et alors ! riposta Henry. Faut bien mourir un jour ! »

Cette réplique choqua un peu Mark. Il fixa son cousin, trouvant qu'il avait quand même de drôles de reparties. Lui-même n'avait jamais réfléchi au fait qu'il devrait aussi mourir un jour. La pensée de sa mort lui avait bien traversé l'esprit, une fois ou deux, comme dans l'arbre, ce matin, mais il ne s'était encore jamais véritablement intéressé à la question, estimant que ce sont les vieux qui meurent. Ou les grandes personnes, quand elles sont malades.

Comme sa mère...

Henry lui tendait toujours la cigarette et il sentit sa résistance faiblir. Il voulait être ami avec son cousin. *Il avait tellement besoin d'un ami...* Une bouffée n'allait pas lui faire de mal. Et puis, il s'était souvent demandé quel goût avaient les cigarettes. Les gens qui fument disent toujours que c'est mauvais et pourtant, ce n'est pas cela qui les fait s'arrêter. C'était amusant de le découvrir par soi-même.

Il prit la cigarette et en posa le filtre contre ses lèvres pour sentir d'abord l'odeur du tabac. Un peu de fumée chaude lui piqua les narines. Lentement, il tira une bouffée, s'efforçant de le faire du mieux qu'il pouvait.

La fumée lui causa immédiatement une violente quinte de toux et le goût lui parut si infect qu'il en eut la nausée. Il rendit vite la cigarette à Henry.

Celui-ci, grimpé sur la margelle, se tenait tout au bord du puits. Mark y monta à son tour. Au-dessus de ce trou noir et béant dont on ne voyait pas le fond, il ne se sentait pas rassuré, mais il resta aussi sur la margelle, par peur de passer pour une poule mouillée : il avait eu l'air assez bête comme ça, en s'étranglant avec la cigarette.

« Tu as vu ta mère, après qu'elle était morte ? »

Mark sursauta. La question était un peu intime et lui fit mal. Pourtant, il se sentit obligé d'y répondre.

« Je voulais, mais on ne m'a pas laissé. »

Henry tira encore une bouffée et envoya d'une pichenette la cigarette voler dans le puits. Du coin de l'œil, Mark en suivit la chute dans le noir, attentif au grésillement qu'allait faire le bout incandescent en touchant l'eau. Mais aucun son ne lui parvint.

« Tu aurais dû insister. C'est très important. On ne parle jamais de la mort. Pourtant, c'est un sujet qu'il faut explorer. Scientifiquement. »

Parler à la fois de la mort et de sa mère mettait Mark mal à l'aise. Il n'aimait pas parler de sa mère comme de quelqu'un qui était mort, il ne voulait pas *penser* à elle, comme à quelqu'un qui était mort.

« Je ne vois pas ce que ça a de scientifique », se contenta-t-il de répondre, espérant que son cousin allait changer de sujet. Mais celui-ci poursuivit :

« Comment était ta mère, la dernière fois que tu l'as vue ? Physiquement, je veux dire. »

Le visage de Mark se crispa. Il planta ses yeux dans ceux d'Henry. Celui-ci lui rendit son regard. Son visage n'exprimait aucune émotion particulière, ni gentillesse, ni méchanceté non plus. Il n'exprimait qu'un peu de curiosité. Mark aurait préféré ne pas parler de cela, mais il se força :

« Elle était un peu pâle. »

Henry leva les sourcils.

« Un peu pâle ? Moi, quand mon petit frère Richard s'est noyé dans son bain, je l'ai vraiment bien regardé !

— Il s'est noyé ? répéta Mark, les yeux écarquillés.

— Il était tout bleu. Toi, tu aurais dû regarder ta mère. Ses yeux, sa bouche... Tu aurais dû toucher sa peau, pour voir comment c'est. Chaud, froid... Enfin, tu vois ce que je veux dire. »

Ses yeux ? Sa bouche ? !

Malgré lui, il se représenta sa mère : morte, les yeux ouverts et vitreux, les lèvres toutes pâles et pincées. L'image était affreuse, trop affreuse ! De toutes ses forces, il chassa cette vision, furieux contre son cousin qui la lui avait suggérée.

« Je t'interdis de parler encore de ma mère !

— Hé, du calme. Ce que j'en dis, c'est pour être scientifique !

— Ça va ! Parle d'autre chose !

— Et si j'ai pas envie ? » répliqua Henry. Il ne voulait pas céder, subitement.

Mark le toisa. Sa mère était un sujet tabou. Pas un sujet de discussion. Qu'Henry se mette bien ça dans la tête !

« Je te casse la gueule ! déclara-t-il, menaçant.

— Essaie un peu, et je te fous là-dedans ! » prononça Henry sur un ton résolu, en désignant du menton le trou noir devant eux.

La rage s'empara de Mark. Il s'en fichait, du puits. D'ailleurs, il se fichait de tout. Il ne savait plus rien. Sauf qu'Henry devait arrêter de parler de sa mère.

Il se redressa de toute sa taille, les poings levés. Henry se mit en garde aussi. Les garçons se défièrent : Mark, les yeux ivres de rage, Henry, le regard vide, parfaitement calme.

Brusquement, Henry baissa les poings et sourit.

« Excuse-moi, j'ai été bête. Je serais comme toi, si je perdais ma mère. On reste amis ? »

Il tendit la main, l'air doux comme un agneau. Mark sentit sa colère se dissiper. Comment ne pas aimer Henry, quand il souriait et se montrait gentil comme maintenant ! Il baissa les bras à son tour et prit la main que son cousin lui tendait.

Un bref instant, il se demanda si Henry n'allait pas en profiter pour lui faire encore une de ses blagues tordues, le tirer un peu fort, par exemple, pour le faire basculer dans le puits. Mais Henry lui lâcha la main le plus normalement du monde et sauta à bas de la margelle. L'incident clos, il se comportait comme si de rien n'était.

Les deux garçons passèrent le reste de l'après-midi dehors, à faire des glissades sur un lac gelé, à grimper aux arbres et à lancer des pierres dans des canettes de bière. A peine un jeu semblait-il épuisé, qu'Henry en proposait un autre, plus amusant encore.

En fin d'après-midi, alors que le soleil teintait de rose les rares nuages du ciel, Henry annonça qu'il avait une nouvelle idée.

« Grouillons-nous ! dit-il en regardant sa montre. On va rater le train du soir ! »

Il s'élança. Mark lui emboîta le pas.

« On va où ?

— Tu verras ! T'as des pièces de monnaie ?

— Je crois. Pourquoi ?

— Prépare-les ! »

Ils filèrent à travers champs. Après s'être glissés entre des chaînes rouillées qui fermaient une clôture, ils débouchèrent sur une sorte de quai. Ils traversèrent des rails et escaladèrent un remblai de gravier. Mark regarda la voie des deux côtés. Il n'y avait pas le moindre train en vue.

« Tu es sûr qu'il va en passer un ?
— Il n'en passe pas toujours. Mais assez souvent. Tiens, donne-moi deux pièces. »

Mark les sortit de sa poche et les tendit à Henry. Celui-ci alla les déposer chacune sur un rail, puis se mit à genoux et colla son oreille à côté.

« Qu'est-ce que tu fais ? lui demanda Mark.
— J'écoute s'il y a un train qui arrive. »

Il redressa vite la tête.

« Hou, c'est drôlement froid ! s'exclama-t-il en se frottant l'oreille.
— Tu as entendu quelque chose ? lui demanda Mark avec un petit sourire.
— Non, mais attendons un peu. »

Mark se recula de quelques pas. Henry, lui, resta sur place, debout entre les rails.

La voie est droite sur une bonne distance, se disait Mark, Henry aura tout le temps de s'en aller avant qu'un train n'arrive, il n'y a pas de quoi s'inquiéter.

Il ne se sentait pas rassuré pour autant. Il préféra regarder le ciel. Les nuages, rares, vaporeux, avaient viré à un rose plus intense, le soleil s'était couché et le froid du soir commençait à tomber. Il entendit Henry annoncer qu'un train arrivait et abaissa son regard.

Voyant que son cousin s'était remis à écouter le rail, il scruta la voie à son tour : elle était parfaitement vide. Ce n'est qu'un peu plus tard qu'il aperçut une petite lumière dans le lointain : un train allait bien passer ! Épaté, il dut admettre que son cousin savait une foule de choses dont lui ignorait jusqu'à la simple existence.

Il le regarda : celui-ci se tenait toujours au milieu de la

voie. Mark recula à bonne distance. Il avait beau savoir qu'Henry avait encore du temps, il ne pouvait s'empêcher d'avoir peur. Il eut envie de l'appeler, mais se retint, par crainte de passer pour un trouillard. Il ramassa une pierre et la lança à toute volée dans la clôture derrière lui.

Le train se rapprochait, Henry était toujours à la même place.

Qu'est-ce qu'il va encore trouver à faire, cet imbécile ? se dit Mark.

Le train n'était plus qu'à deux cents mètres, maintenant. Un coup de sifflet bruyant retentit. Prenant tout son temps, Henry quitta la voie. Le train siffla une seconde fois. Sur les rails, les pièces de monnaie se mirent à vibrer légèrement.

Quelques instants plus tard, le train passa à trois mètres d'Henry, soulevant l'air si violemment que Mark, qui se tenait une bonne quinzaine de mètres en retrait, sentit ses cheveux s'aplatir en arrière. Pris dans un tourbillon de poussière et de feuilles, il fut forcé de fermer les yeux.

C'était un train de marchandises, pas très long, avec des wagons-containers et d'autres à plate-forme, chargés de troncs de bois sans doute destinés à une scierie ou à une fabrique de papier.

A peine le fourgon de queue était-il passé qu'Henry s'élança sur la voie pour fouiller le gravier. En un rien de temps, il eut retrouvé les deux pièces. Elles étaient tout aplaties à présent, fines comme du papier à cigarettes, un peu recourbées aussi, comme un onglet de guitare.

« Tiens ! dit-il en en lançant une à Mark.

— Hou, c'est chaud, dis donc ! s'exclama celui-ci en la rattrapant.

— Ouais, c'est dû aux molécules qui ont gravité à l'intérieur. »

En souriant, Mark empocha la pièce, admiratif une fois de plus des connaissances d'Henry. Les enfants se mirent à marcher sur les rails, les bras sur le côté comme des funambules pour garder l'équilibre.

« Dis, Mark, tu connais cette chanson ? »

Henry entonna une comptine d'enfants.

« Des morceaux de boyaux, gros, grands, gras, noirs tuyaux... »

Mark la connaissait bien et il reprit en chœur :

« Un peu de sing' blessé, pour fair' la mortadelle, / Et des pieds de cochon, découpés en rondelles, / Et des yeux frits qui flott' dans une mar' de sang, / Que c'est bon, mad'moiselle, j'en mang'rais cent vingt ans ! »

Ils éclatèrent de rire et poursuivirent leur marche en chantant.

Ils rentrèrent à la maison juste avant la nuit et dînèrent tous ensemble. Mark se sentait plus détendu dans cette famille qu'il commençait à bien aimer. Même s'il avait parfois quelques moments difficiles avec Henry. C'était normal, on ne devient pas ami d'un seul coup.

Après le dîner, ils regardèrent la télévision jusqu'à ce que Susan leur dise de monter se coucher. Ils firent leur toilette. Ils se mirent au lit et discutèrent un peu de la cabane qu'Henry voulait construire dans l'arbre. Puis Susan vint éteindre la lumière et la pièce ne fut plus éclairée que par la lampe du couloir.

« Il est temps de dormir, les garçons. A demain matin ! »

Elle partit, laissant la porte entrouverte. Mark bâilla. Il avait les paupières lourdes, il était fatigué. La journée avait été longue et bien occupée. Allongé sur le dos, la tête au creux d'un oreiller moelleux, il ferma les yeux.

« Hé, Mark ! » chuchota Henry.

Il les rouvrit.

« Quoi ?

— Des morceaux de boyaux, gros, grands, gras, noirs tuyaux... »

Mark sourit légèrement. Henry poursuivit :

« Un peu de sing' blessé, pour fair' la mortadelle... »

Mark se mit à rire.

« Et des pieds de cochon, découpés en rondelles... »

Ils éclatèrent de rire tous les deux.

« Ça suffit, les enfants ! fit Wallace debout dans la porte. Silence maintenant ! »

Ils se turent. Le silence ne dura qu'une seconde, le fou rire les avait repris.

« Qu'est-ce que je viens de dire ? » répéta Wallace, sur un ton qu'il s'efforçait de rendre sévère.

Les garçons se mirent à glousser, faisant semblant de se donner du mal pour retenir leur fou rire.

« Qu'est-ce que ça veut dire ! Je ne veux plus vous entendre couiner !

— Couin ! » fit Henry.

Mark pouffa. Wallace secoua la tête, les yeux au ciel, et s'éloigna, le sourire aux lèvres.

« Couin ! Couin ! Couin ! »

Le bruit ressemblait de plus en plus à celui d'un canard. Mark enfonça la tête dans son oreiller pour étouffer ses rires. Il n'avait pas ri d'aussi bon cœur depuis bien longtemps !

Le calme s'installa peu à peu dans la pièce. Mark se tourna vers Henry. Essayant de l'apercevoir dans le noir, il appela tout doucement.

« Henry !

— Ouais.

— On s'est bien amusés, aujourd'hui, hein ?

— Ouais, ouais. »

Le silence retomba. Mark se remit de l'autre côté.

« Hé, Mark ! »

Il se retourna vers Henry.

« Ouais ?

— Demain, ça va être encore mieux ! »

NEUF

Le lendemain matin, après le petit déjeuner, Henry voulut retourner sur la voie ferrée.

« On va encore mettre des pièces sur les rails ? » demanda Mark.

Ça l'avait amusé la veille, mais faire la même chose aujourd'hui lui semblait un peu bête et il avait espéré qu'Henry aurait eu une meilleure idée.

« T'inquiète ! » se contenta de répondre celui-ci.

Ils prirent à travers champs, arrivèrent à la clôture et se glissèrent à nouveau entre les chaînes pour descendre sur la voie. Henry se remit à marcher en équilibre sur les rails, comme la veille, mais cette fois-ci, il alla jusqu'à un pont sur chevalets qui se dressait à quelques centaines de mètres de distance.

Arrivé là, il se mit à examiner très attentivement le sol.

« Qu'est-ce que tu cherches ? lui demanda Mark.

— Tu verras bien ! » répondit-il, sans relever la tête.

Au bout d'un moment, il dénicha au milieu des graviers une sorte de tire-fond tout rouillé, un crampon pour attacher les wagons apparemment, et lança à son cousin :

« Aide-moi à en trouver d'autres !

— Qu'est-ce que tu veux faire avec ?

— Tu verras ! Allez... A celui qui en trouvera le plus ! »

Mark entreprit de scruter le sol à son tour. Au début, il n'arrivait pas à voir les crampons, enfouis sous les pierres la plupart du temps, et dont ne dépassait qu'un petit bout, à peine visible. Ensuite, quand il se fut habitué, il les repéra assez facilement.

« Un de plus, et mes poches se déchirent ! s'exclama-t-il au bout d'un moment.

— Ouais, acquiesça Henry en tâtant les siennes, tout aussi bourrées. Ça devrait suffire pour l'instant. Allons-y !

— Où ça ? le questionna Mark.

— Tu verras bien ! »

Il partit devant et Mark, comme d'habitude, lui emboîta le pas, en renâclant un peu. Cette manie qu'avait Henry de faire toujours des mystères commençait à l'agacer, bien que, d'un autre côté, le fait de ne jamais en savoir plus que le strict nécessaire renforçat son impression de vivre chaque fois une nouvelle aventure.

Leurs poches pleines de crampons les gênaient pour marcher et leur donnaient des allures de canard. Ils s'éloignèrent en suivant la voie et bifurquèrent bientôt vers la clôture pour se couler par un trou que Mark ne connaissait pas encore.

Ils prirent un chemin à travers bois et débouchèrent sur un grand étang, en partie gelé, qu'un pont enjambait dans sa partie la plus étroite. Ils suivirent la berge jusqu'au pont.

C'était plutôt une passerelle, juste assez large pour laisser avancer une seule personne de front. Henry s'y engagea le premier. Ils marchaient l'un derrière l'autre au-dessus de l'étang qui s'étendait sous eux, calme et immobile, lorsque des aboiements furieux les firent se retourner d'un bond : débouchant des bois, un molosse brun et blanc se jetait à leurs trousses en montrant les crocs.

Mark comprit tout de suite que cette aventure-là n'avait pas été prévue au programme. Quant à Henry, il ne prit que le temps de murmurer : « Au plaisir... » et détala à toutes jambes. Mark s'élança derrière lui. Les crampons dans ses poches lui battaient les cuisses en tressautant bruyamment, mais surtout, ils tiraient son pantalon vers le bas et il devait le rattraper par la ceinture, ce qui ralentissait encore sa course.

Les aboiements se faisaient de plus en plus forts, le chien gagnait du terrain. Mark aperçut un portail tout au bout de la passerelle. L'espoir lui donnait des ailes, mais il trébucha et s'écroula sur les planches, se faisant mal aux genoux. Il se releva sur les mains et, encore à quatre pattes, jeta un coup d'œil par-dessus son épaule : le chien était juste derrière lui.

Surpris par sa chute, il s'était arrêté lui aussi et, l'espace d'un instant, l'animal et l'enfant restèrent à se dévisager, les yeux à la même hauteur. Puis, le chien retroussa les babines et bondit sur le garçon.

Mark se sentit rattrapé par le col, remis sur pied et poussé en avant : il fila droit devant lui et réussit à franchir le portail. Le suivant sur les talons, Henry eut juste le temps de rabattre le battant au moment où le molosse allait se jeter sur lui.

Maintenant dressé sur ses pattes arrière, le chien grondait et aboyait furieusement par-dessus la palissade.

De l'autre côté, les garçons tombés à terre, épuisés, reprenaient leur souffle.

« J'ai bien cru qu'on allait y passer ! dit Mark.

— C'est les crampons qui nous ont ralentis », répondit Henry en tapant sur ses poches.

Mark acquiesça.

« Je me voyais déjà en chair à pâté. Merci, hein ! »

Henry, qui souriait jusque-là, éclata de rire. Les aboiements du chien ramenèrent bientôt les garçons à la réalité. Ils sautèrent sur leurs pieds. Mark s'était déjà éloigné de quelques pas quand il réalisa qu'Henry ne le suivait pas.

« Qu'est-ce que tu fous ? » fit-il, voyant que son cousin avait fait demi-tour.

Celui-ci, en effet, retournait à la palissade. Il ne répondit pas. A mesure qu'il s'en rapprochait, les aboiements se faisaient de plus en plus menaçants. Mark resta sur place, les yeux fixés sur son cousin, effaré de le voir oser se risquer jusqu'à n'être plus qu'à trente centimètres de la bête en furie ! La palissade était solide, mais quand même !

« Henry ! » souffla-t-il, tout bas.

Son appel resta sans réponse, Henry n'avait pas dû l'entendre. Il se trouvait à présent tout contre la palissade, et, les babines retroussées lui aussi, les paupières rétrécies, fixait le molosse sans ciller.

A la stupéfaction de Mark, le chien cessa d'aboyer. Henry et la bête restèrent quelques instants à se toiser, comme s'ils engageaient quelque étrange lutte de pouvoir.

« Allez, Henry !... Viens ! » fit Mark qui se sentait devenir nerveux.

Henry restait sans bouger, aussi immobile et silencieux que l'animal, gardant son regard rivé au sien. Mark n'avait jamais été témoin d'une scène semblable. La témérité de son cousin le stupéfiait et lui donnait la chair de poule.

Peu à peu, le chien rabattit les oreilles. Sa gueule se ferma lentement. Il finit par se laisser descendre le long de la palissade, le museau relevé par la glissade, et s'éloigna lentement, la queue entre les pattes.

Henry se retourna. L'expression d'intensité brutale qui, l'instant d'avant, se peignait sur son visage, avait complètement disparu, remplacée par un doux sourire, comme si rien n'avait jamais eu lieu.

« Tu te sens bien ? lui demanda Mark, encore ébahi.

— Quoi ? » répondit Henry, l'air de ne pas comprendre. Puis il reprit : « Heu, bien sûr. Tu as dit quelque chose, avant ?

— J'ai dit : Allons-nous-en !

— Ouais », fit-il, avec un large sourire, les yeux brillants d'une excitation nouvelle. « Tu as raison. J'ai justement quelque chose de chouette à te montrer ! »

Ils reprirent leur route dans les bois. Mark était encore sous le coup de la scène, mais peu à peu, la marche et le poids des tire-fond dans ses poches en estompèrent le souvenir.

Les garçons débouchèrent bientôt sur la crête d'une ligne de hautes falaises au pied desquelles, soixante-dix mètres plus bas, venait s'écraser l'océan. Çà et là, un arbre noueux poussait sur la lande, solitaire, bravant les éléments. Ils allèrent jusqu'à l'extrémité de la falaise. Arrivé à quelques mètres du bord, Mark s'arrêta ; Henry, lui, continua d'avancer jusqu'à se trouver exactement sur l'arête où il se tint immobile, faisant dépasser le bout de ses pieds dans le vide.

Il regarda Mark par-dessus son épaule et l'interpella, avec un sourire :

« Alors, je croyais que tu n'avais pas le vertige ! »

Encore un test !... pensa Mark et une moue de lassitude apparut sur son visage. Ça ne finirait donc jamais ? Surtout que celui-là était sans aucun doute le pire de tous !... Pourtant, il ne voyait pas comment s'y soustraire.

Se rappelant qu'il s'était, finalement, plutôt amusé en relevant les autres défis, il prit une profonde inspiration et avança d'un pas. Il sentit son estomac se nouer. Il attendit un peu et fit glisser ses pieds jusqu'à ce que le bout de ses tennis surplombe le vide, exactement au même niveau que les baskets d'Henry. Il choisit un point à l'horizon, juste à la rencontre du ciel et de l'océan, et se mit à le fixer. Sentant la brise soulever légèrement ses cheveux, il réalisa brusquement qu'un coup de vent plus fort dans son dos risquait de le faire basculer. La peur le saisit.

« Regarde en bas ! » lui ordonna Henry.

Mark obéit sans vraiment penser à ce qu'il faisait : l'aplomb était effrayant, vertical sur des dizaines de mètres, et se brisait net sur des rochers que venaient recouvrir les vagues. Il sentit ses genoux faiblir.

« Ferme les yeux, maintenant !

— Pourquoi faire ? demanda Mark.

— C'est super, tu vas voir ! »

Mark ferma les yeux. Subitement, il perdit toute notion d'équilibre et ne fut plus capable d'évaluer la force du vent. Il eut la sensation de basculer en avant. Instinctivement, ses bras se levèrent, ses yeux s'ouvrirent tout grands. Il se vit en train de tomber.

Son mouvement en avant fut stoppé, comme par miracle, au tout dernier moment. Le rattrapant par le col, Henry le tirait en arrière. Déséquilibré par le poids des crampons dans ses poches, Mark chancela et fit quelques pas à reculons avant de récupérer son équilibre.

« Ça va ? lui demanda Henry.

— Ouais, ouais ! » répondit-il, mais il se sentait le front brûlant et crut qu'il allait s'évanouir.

Il avait failli y passer ! *Mourir ! Lui !*

« Viens ! » lui dit Henry en l'entraînant le long de la falaise.

Tout en marchant à ses côtés, Mark se jura que c'était bien la dernière fois qu'il s'était laissé avoir : c'en était fini des tests ! A partir de maintenant, il n'en passerait plus un !

Les garçons regardaient l'océan. Une nuée d'oiseaux blancs volaient en cercles au-dessus des vagues et piquaient dans l'eau subitement. Au loin, un langoustier montait et descendait au gré des flots. Soudain, Mark aperçut une silhouette tout au bout de la pointe, là où la falaise s'avançait le plus loin dans l'eau, une silhouette en jean et sweater blanc, de dos, qui scrutait l'océan.

« C'est pas ta mère, là ? dit-il, la montrant à Henry.

— Si. Elle vient tout le temps ici.

— Pourquoi ?

— Pour penser à Richard. Laisse tomber, va. Viens plutôt voir ma dernière invention ! »

Henry prit sur la droite et allongea le pas.

« Si on allait lui dire bonjour ? proposa Mark.

— Nan...

— Si... viens... » insista Mark.

Henry s'arrêta et regarda sa mère, secouant la tête.

« Elle préfère être seule quand elle vient ici. »

Il reprit son chemin d'un bon pas. Mark marchait à la traîne, les yeux fixés sur sa tante. Il trouvait bizarre de la voir comme ça, toute seule, sur la falaise, et trouvait plus bizarres encore les efforts d'Henry pour l'éviter.

« Allez, viens !... » criait celui-ci qui s'était arrêté pour l'attendre, une dizaine de mètres en avant. Mark tourna la tête vers son cousin et vit qu'il lui faisait signe de se dépêcher. Il regarda une dernière fois Susan et rejoignit Henry.

Les garçons s'en retournèrent à la maison et Henry conduisit Mark à un petit bâtiment voisin de la maison.

« Bienvenue dans mon labo-rrra-toi-rrre ! » fit-il, sur le ton de Dracula et en imitant ses gestes pour tenir la porte ouverte devant Mark.

Celui-ci pénétra à l'intérieur. L'endroit, tout sombre et encombré d'affaires au rebut, n'était manifestement plus destiné aux voitures. Un bric-à-brac de tondeuses à gazon et de grille-pain cassés s'y entassait à même le sol. Il y avait aussi un vieux tourne-disque et, posé dessus, un modèle réduit d'avion avec une aile cassée.

Henry se dirigea vers un établi jonché d'outils et tira sur un cordon. Après quelques clignotements, des néons s'allumèrent. Mark remarqua alors au milieu de l'établi un objet recouvert d'un plastique sombre, qu'Henry lui dévoila, d'un geste théâtral. Un mécanisme étrange apparut.

« Admirez ! » faisait Henry, saluant tel un artiste sur la scène.

Mark examina la machine sous toutes les coutures. On aurait dit une sorte de catapulte en miniature, avec deux gros ressorts de chaque côté et une fente au milieu. Il demanda :

« Et ça fait quoi, cette bête ?

— Je vais te montrer. »

Poussant un gémissement, Henry souleva le lourd engin dans ses bras et se dirigea vers la porte.

« On va où ? demanda Mark.

— A la zone de tir ! Tu vois la manette d'encliquetage, là, sur l'établi ? »

Mark se retourna.

« Ça ? demanda-t-il en voyant une petite roue chromée munie d'un long manche.

— Ouais, fit Henry. Prends-la. On va en avoir besoin. »

Ils sortirent du garage. Ils descendirent la voie privée, marchant lentement à cause du poids de l'appareil qu'Henry portait dans ses bras. Ils traversèrent la chaussée et longèrent sur une centaine de mètres un muret de pierre assez bas qui bordait la route. Henry y déposa son engin.

« Voilà, ici c'est parfait. »

Il grimpa sur le mur et, de la main, fit signe à Mark de l'imiter. Les deux garçons sautèrent de l'autre côté et s'accroupirent pour tourner la machine dans la bonne direction.

« Incroyable, hein ? fit Henry. Si tu savais le temps que ça m'a pris pour trouver toutes les pièces !

— Tu as construit ça tout seul ? s'étonna Mark, épaté.

— Ben, qu'est-ce que tu crois ?!

— Comment tu as fait ?

— Quoi, comment ?

— Je veux dire, tu as suivi une notice, je sais pas, moi.

— Bien sûr ! Même qu'elle sortait de là ! » répondit Henry en se frappant le front de l'index.

Mark eut du mal à croire qu'un garçon de son âge ait pu construire tout seul un truc comme ça, aussi original, en n'utilisant que des pièces de récupération... Mais qui sait, après tout. Il n'avait jamais vu de machine semblable.

« Tu me files la roue d'encliquetage ? » lui demanda Henry, en tendant la main.

Mark sortit la manette de sa poche et la lui passa. Henry la fit rentrer sur un côté de la machine et se mit à remonter un mécanisme d'avant en arrière.

« Tu vois les ressorts ? Ils sont super-durs. Impossible de les serrer sans ça », expliqua Henry.

La roue cliquetait à chaque tour de manette et la partie catapulte de l'engin reculait avec des grincements à mesure que les ressorts se resserraient.

« Quand ils seront tous serrés à bloc, tu chargeras là. »

Sous l'œil attentif de Mark, il sortit un tire-fond de sa poche et le fit entrer dans la fente.

Henry prit pour cible un point de l'autre côté de la route et Mark s'aperçut qu'il visait un chat tranquillement assis au sommet d'un mur.

La catapulte correctement positionnée, Henry donna un dernier tour de roue. Les ressorts étaient bloqués à fond.

Sur le mur, le chat continuait de se lécher les pattes, sans les voir. Mark éprouva une sensation désagréable au creux de l'estomac.

« Tu ne vas pas lui tirer dessus, hein ? fit-il. Tu veux juste lui faire peur ?

— Armez le verrou et chargez ! » se contenta de répondre Henry, en rabattant une petite pièce de métal pour maintenir le crampon.

Il se remit à croupetons pour finir d'ajuster son tir.

« Minou dans le collimateur... » murmura-t-il.

Mais Mark l'entendit et répéta, tout bas, lui aussi :

« Tu ne vas pas lui tirer dessus, hein ! »

Les ressorts claquèrent, revenant en place, et la machine tira.

Le crampon était allé se planter dans le tronc d'un gros arbre de l'autre côté de la route, à quelques centimètres au-dessus de la tête du chat. Celui-ci regarda alentour et, ne se sentant pas menacé, reprit sa toilette.

« Chapeau ! » cria Mark.

D'un bond, les deux garçons sautèrent par-dessus le muret et coururent vers l'arbre. En une seconde, le chat avait déguerpi. Arrivés là, ils regardèrent le crampon.

« Oh ! là ! là ! Il est entré d'au moins dix centimètres ! » s'extasia Mark, l'attrapant par la partie saillante pour tenter en vain de l'arracher. « Tu te rends compte, sa vitesse, dit-il. Je l'ai même pas vu filer ! »

Derrière lui, Henry examinait les lieux. Le chat était revenu et, arrêté à une dizaine de mètres, il regardait Henry.

Celui-ci réagit avec une moue de dégoût.

« Attends un peu que je sache bien viser ! »

Suivant le regard de son cousin, Mark découvrit le chat à son tour.

« Tu dis ça pour rire, dis ? s'exclama-t-il. Tu ne le visais pas vraiment, tout de même ! »

En guise de réponse, Henry prit de petits airs affectés et dit sur un ton minaudant :

« Rentrons, mon cher, ça vaudra mieux. »

DIX

Les enfants finissaient de déjeuner dans la cuisine, quand Susan dit à son neveu :

« Mark, j'ai oublié de te dire que ton rendez-vous est à deux heures.

— Quel rendez-vous ?

— Mais avec Alice Davenport, tu sais bien ! »

Mark fit la grimace. Le moment qu'il redoutait venait d'arriver ! Il se sentait aussi un peu gêné que Susan ait abordé le sujet devant ses cousins. Elle dut s'en apercevoir, car elle dit :

« Connie, Henry, vous pouvez sortir de table. »

Connie se leva immédiatement, Henry fut plus long à quitter la pièce.

« Amuse-toi bien ! » lança-t-il en partant.

Mark et Susan se retrouvèrent seuls dans la cuisine.

« On ne pourrait pas lui téléphoner pour annuler ? » suggéra Mark, tout en portant les assiettes sales dans l'évier.

« Pourquoi ça ? » rétorqua Susan, mettant en marche le broyeur d'ordures qui se mit à avaler en grondant bouts de pommes et coquilles d'œufs.

« Heu, je ne sais pas, répondit Mark. Je peux m'en passer, je crois. »

Tout en rinçant les assiettes avant de les ranger dans le lave-vaisselle, Susan lui rappela :

« C'est ton père qui a pris le rendez-vous. Il tient beaucoup à ce que tu y ailles, tu sais.

83

— C'est plus pareil, maintenant, répondit Mark.

— Tiens donc ! fit-elle, l'air surpris.

— Oui, d'une certaine manière, je veux dire. Je me sens bien, ici. Je n'ai pas vraiment envie de parler à quelqu'un que je ne connais même pas.

— Voilà qui fait plaisir à entendre ! dit-elle. Et je comprends aussi que tu n'aies pas envie d'aller voir Alice. Sauf que toi, tu as promis à ton père d'y aller, et que moi, je lui ai promis de veiller à ce que tu n'oublies pas.

— Il n'y aurait pas moyen de faire autrement ? insista Mark d'une voix plaintive.

— Tu sais, ce n'est pas aussi désagréable que d'aller chez le dentiste ! dit Susan.

— Elle ne va pas me faire des piqûres, on me l'a déjà dit ! »

Comme Alice Davenport vivait un peu en dehors de la ville, Susan proposa à Mark de l'y conduire en voiture. Mais le garçon répondit qu'il aimait autant y aller à pied, puisqu'il était très en avance.

« Je peux te faire confiance ? » lui demanda Susan avec un air sceptique.

L'expression de sa tante lui rappela sa mère : Janice lui faisait les mêmes yeux quand elle ne croyait pas complètement les promesses qu'il était en train de lui faire.

Ce qui est bien avec elle, c'est qu'elle ne fait pas semblant, pensa Mark en constatant que Susan n'essayait pas de lui cacher ses soupçons.

« Oui, ne t'en fais pas. Je te promets que j'irai », la rassura-t-il.

Elle lui fit un sourire.

« C'est bon, dit-elle. Je vais t'expliquer le chemin. »

Tout en se rendant chez la psychothérapeute, Mark fut plusieurs fois tenté de prendre exprès une mauvaise direction. Je pourrai toujours dire que je me suis perdu, se disait-il. Mais il ne put se résoudre à le faire et, furieux de son honnêteté, se traita d'imbécile pendant tout le trajet.

Ce rendez-vous lui faisait peur et il savait pourquoi. Ce

n'était pas tant le fait de parler à cette dame qu'il redoutait, c'était le fait de parler de sa mère. Il ne voulait pas penser au fait qu'elle était morte. Et surtout, il n'avait pas la moindre envie de s'entendre redire pour la cinquantième fois qu'il devait regarder la réalité en face.

Il arriva à une petite barrière de piquets blancs derrière laquelle se dressait une grande maison, construite de manière à avoir vue sur la baie. La brise du matin s'était calmée et la fumée de la cheminée s'échappait en boucles paresseuses. Il fit demi-tour sur lui-même pour regarder le paysage. Il surplombait Rock Harbor et, de là où il se trouvait, la petite ville avait l'air de se pelotonner au creux des bois tout gris d'avoir perdu leurs feuilles.

Il longea la barrière et s'arrêta au portail. Il resta un moment à étudier la maison et le petit sentier d'ardoise qui y conduisait. A dire vrai, il n'avait pas la moindre envie d'entrer dans cette maison, et il aurait bien aimé trouver une excuse valable pour échapper à ce rendez-vous.

Un certain temps dut passer, car la porte de la maison s'ouvrit soudain et Alice Davenport, en robe de velours côtelé rouge à larges poches et un bol à la main, sortit sur le perron et lui fit des signes de bienvenue.

« Il faut soulever le loquet ! » cria-t-elle, lui offrant ainsi un prétexte pour être resté aussi longtemps sans entrer.

Mark ouvrit le portail et prit le sentier, embarrassé de se sentir observé. Comme si elle s'était rendu compte de sa gêne, Alice rentra dans la maison, laissant la porte ouverte pour lui.

Il entra et la referma soigneusement derrière lui. Un intérieur éclatant de couleurs joyeuses s'offrait à lui, très différent de la maison de Wallace, un peu sombre et toute lambrissée. Ici, les murs, jaunes, s'égayaient de grands pastels représentant le désert et les portes étaient claires, elles aussi, peintes en bleu ciel et en rose.

« Je suis ici, Mark ! » appela Alice.

Il vit une porte sur sa droite et y passa la tête. Il aperçut une petite pièce, meublée d'un canapé, d'un lampadaire et d'une table basse avec une pile de journaux. C'était une salle d'attente, Alice ne s'y trouvait pas.

« Peux-tu fermer la porte derrière toi, s'il te plaît ? »

Il fit quelques pas à l'intérieur et découvrit enfin le bureau. C'était une pièce toute peinte en blanc et décorée de toiles abstraites. Assise à une table de bois sur laquelle étaient posés des livres et des papiers, Alice tournait le dos à une grande baie vitrée qui donnait sur la crique.

« Entre donc, Mark », lui dit-elle.

Il avança de quelques pas. Un des côtés de la pièce était occupé par des étagères basses garnies de jeux d'enfants et d'animaux en peluche. Les sièges consistaient en un sofa et un fauteuil. Il lança un regard interrogateur à la psychologue.

« Mets-toi où tu veux. »

Il opta pour le fauteuil.

« Alors, comment vas-tu ? demanda Alice.
— Bien.
— Tu te plais chez ton oncle ?
— Oui.
— J'en suis heureuse. »

Pour être poli, Mark hocha la tête. Il s'attendait à ce qu'elle lui pose d'autres questions, mais rien ne vint. Alice, dans son fauteuil, le regardait tranquillement. Mark commença à se sentir mal à l'aise et, ne sachant s'il devait la regarder aussi, il choisit d'examiner la pièce. Il remarqua un kaléidoscope.

Il tourna la tête vers Alice.

« Vas-y », lui dit-elle.

L'ayant pris, il le pointa sur la fenêtre, puis il se mit à le faire tourner lentement devant ses yeux.

Il s'amusa ainsi plusieurs minutes jusqu'à ce qu'Alice finisse par lui rappeler sa présence d'un raclement de la gorge :

« Tu me changes agréablement des personnes qui viennent me voir, constata-t-elle. En général, la plupart d'entre elles veulent surtout parler. »

Mark ne se laissa pas tromper par le ton engageant et humoristique qu'elle avait pris. Il grommela :

« Pas la peine de me prendre pour un imbécile !

— Quoi ? demanda-t-elle, de la curiosité dans la voix.

— Vous pensez que vous arriverez à me faire parler en me faisant croire que vous ne voulez pas que je parle. Je connais le truc, c'est de la psychologie inversée.

— Bien obligée, répondit-elle du tac au tac. Je suis l'inverse d'un psychologue. »

La réponse était plutôt drôle et Mark dut se retenir pour ne pas sourire.

« Je n'ai rien à dire, c'est tout.

— Ton père pense le contraire, objecta Alice.

— Alors, c'est lui qui devrait venir à ma place. »

Elle ne répondit rien, se contentant de le regarder avec sympathie, et Mark regretta d'avoir répondu un peu brusquement.

« C'est-à-dire que... il veut que je parle de maman.

— Je sais, répliqua Alice.

— Et, comme je l'ai déjà dit, je n'ai rien à en dire. »

Alice acquiesça de la tête.

« Tu sais, fit-elle lentement, quand on perd quelqu'un qu'on aime...

— Je peux me débrouiller, la coupa-t-il très vite, bien décidé à ne pas s'entendre faire la leçon..

— Ah oui ? »

Mark prit une profonde inspiration et prononça, avec lenteur :

« Faut bien !

— Pourquoi ?

— Parce que, commença-t-il, quand on fait quelque chose de... »

C'était difficile à expliquer et puis, il n'en avait pas vraiment envie non plus. C'était un secret qu'il avait gardé pour lui seul depuis la mort de sa mère. C'était son problème à lui. C'était à lui de le résoudre... Pourtant, il sentait aussi que c'était quelque chose qui ne demandait qu'à sortir.

« Oui... ? » le pressa Alice gentiment.

Il sentit qu'en dépit de ses efforts, il n'arrivait pas à endiguer ce flot qu'il voulait tant contenir.

« Quand quelque chose est de votre faute... »

Les mots lui venaient mal. Qu'était-il en train de raconter à cette dame ? Pourquoi ne gardait-il pas ça pour lui ?

« Qu'est-ce que tu as donc fait ? le poussa Alice.

— J'ai... j'ai laissé mourir quelqu'un », laissa-t-il échapper.

Jaillies de ses propres lèvres, ces paroles le stupéfièrent et il eut l'impression que quelqu'un d'autre les avait prononcées à sa place. Avait-il déjà pensé à la mort de sa mère de cette manière, il n'aurait su le dire et cependant, en s'entendant formuler les choses ainsi, il fut certain qu'il venait de dire la vérité : en fait, il avait promis à sa mère de ne pas la laisser mourir, et il n'avait pas tenu parole.

C'était exactement cela qu'il ressentait, c'était le secret qu'il avait gardé au plus profond de lui.

Alice n'eut l'air ni surpris, ni choqué. Se penchant en avant, elle le soutint de son regard.

« Dis-moi comment tu as fait cela, dit-elle d'une voix douce, dis-moi comment tu l'as laissée mourir ? »

Sans qu'il pût les retenir, les mots lui vinrent, nombreux, la digue s'était rompue.

Vers l'heure du dîner, le vent se leva de nouveau. Il ne cessa de forcir durant toute la soirée, tordant les branches, les faisant craquer fort. Mark se tournait dans son sommeil, bouleversant draps et couvertures.

Une voix l'appelait. « Mark ? Mark ? Tu m'entends ? »
C'était sa mère.
Il regarda alentour. Il se trouvait dans une forêt.
« Maman, s'écria-t-il, où es-tu !
— Ici, Mark ! » lui parvint la réponse.
Mais Mark ne voyait que des arbres qui tournoyaient, lentement, comme dans un kaléidoscope.
« Je ne te vois pas, se mit-il à hurler.
— Je suis là », répondit la voix, qui, venant de toutes parts, semblait sortir aussi d'un kaléidoscope,
« Lequel de ces arbres es-tu ? hurla-t-il.
— Celui-ci... celui-ci... celui-ci... celui-ci...

— *Lequel ?* » *cria-t-il encore.*

« Lequel ? Lequel de ces arbres ? » prononça Mark tout haut, en ouvrant les yeux. Que se passait-il, où donc était la forêt ? Pourquoi faisait-il si sombre, soudain ?

Il appela : « Maman ! »

Le sifflement du vent fut la seule réponse qu'il obtint. Mark se tourna vers la forme sombre d'Henry endormi dans son lit.

Cette vision n'avait été qu'un rêve. Rien qu'un rêve...

Mais peut-être était-ce la réalité, après tout ?

Il perçut un léger craquement. La porte de sa chambre venait de s'ouvrir légèrement, laissant pénétrer la lumière du couloir.

Qui donc l'avait poussée ? Le vent ?

Soudain, il vit une silhouette passer dans le couloir. Il n'avait fait que l'entr'apercevoir, mais il fut certain que c'était celle d'une femme.

Vêtue d'une robe blanche.

Semblable à celle de sa mère qu'il avait vue dans l'armoire.

« Maman ? » dit-il dans un murmure.

Non, ce ne pouvait être elle... Et d'ailleurs, il n'eut pas de réponse. Pourtant, cette silhouette ressemblait étrangement à celle de sa mère.

Peut-être était-ce la sienne, malgré tout ? Peut-être sa mère était-elle revenue parce qu'il avait beaucoup parlé d'elle, cet après-midi...

Il se leva de son lit et traversa la chambre, pieds nus. Il ouvrit grand la porte. Le couloir était vide. Où était-elle allée ?

Il avança jusqu'à l'escalier et regarda en bas. Son cœur bondit dans sa poitrine. Elle était là, dans sa robe blanche ! Elle était descendue au rez-de-chaussée. Lui tournant le dos, elle était en train d'ouvrir le tiroir d'une petite table.

« Maman... »

Sans trop y croire, il se mit à descendre les marches, tout doucement, lentement, pour ne pas risquer de l'effrayer.

Comme si un bruit trop fort eût pu la faire fuir comme un lièvre apeuré. A quelques marches du bas, le bois craqua sous ses pieds.

Sa mère tourna la tête.

Hélas !

Les espoirs de Mark se désagrégèrent comme les vagues sur la plage : ce n'était que Susan. Ses jambes cessèrent de le soutenir et il tomba lourdement sur le derrière.

Comment était-il possible que ce ne soit pas elle ? Il en était si sûr ! Comment se faisait-il que ce soit sa tante ?

Celle-ci le regardait, les yeux emplis d'inquiétude et s'avançait vers lui.

« Mark, qu'est-ce que tu as, mon chéri ? »

Mark gardait les yeux fixés sur elle, il sentait que sa lèvre inférieure se mettait à trembler et que ses yeux se remplissaient de larmes.

Et si c'était sa mère, malgré tout ? Peut-être qu'elle avait seulement un peu... changé ? Toutes ces choses que faisait Susan, exactement de la même manière que sa mère avait l'habitude de les faire... Sa douceur, sa gentillesse, sa compréhension...

Oui, c'était sa mère là, quelque part !

Cachée à l'intérieur de Susan !

« Mark ? » appela Susan. Elle ne présentait plus maintenant un visage inquiet, toute son expression montrait qu'elle était alarmée.

« C'est toi, dit Mark, dans un soupir. Tu es revenue. Je savais que tu reviendrais. »

Susan le regardait sans bien comprendre.

« Je ne suis allée nulle part. Je suis restée ici tout le temps. »

C'en fut trop. De même que les mots s'étaient élancés hors de ses lèvres chez Alice Davenport, de même toute la souffrance qu'il avait tenue cachée jusque-là explosa hors de lui. Il enfouit la tête dans ses mains et se mit à sangloter. La peine et la douleur de l'année écoulée, depuis le moment où sa mère était tombée malade, jaillirent à flots en un instant.

Il sentit que Susan venait vers lui, il sentit que ses bras l'enlaçaient, mais rien de cela ne pouvait atténuer sa peine. Rien de ce qui se passait à l'extérieur n'avait plus d'importance. Seul comptait ce qui se passait en lui. Et c'était un torrent qui débordait.

Susan prit le garçon dans ses bras et se mit à le bercer doucement. Elle savait bien que ça ne pouvait suffire à le calmer, mais c'était la seule chose qu'elle pouvait lui offrir.

Les pleurs de Mark avaient fait sortir Wallace de la bibliothèque, il se tenait discrètement sur le seuil, attentif à ne pas faire remarquer sa présence.

Mais il n'était pas seul à observer la scène. Du haut de l'escalier, Henry, en pyjama, regardait sa mère serrer son cousin dans ses bras tandis que son père se tenait silencieusement en retrait.

Pourquoi sa mère faisait-elle cela ?

C'était sa mère à lui. Pas celle de Mark.

Il aurait bien voulu qu'elle cessât.

ONZE

Se réveillant le lendemain matin, Mark trouva une fois de plus le lit d'Henry vide. Il mit du temps à se lever. Il n'avait pas beaucoup dormi, cette nuit, il avait pleuré longtemps... Au seul souvenir de sa tristesse, il se sentit épuisé.

Il finit par se lever et alla à la fenêtre pour voir si son cousin était dans le jardin, mais celui-ci n'était visible nulle part. Il s'habilla et descendit dans la cuisine.

Il y trouva Susan et alla s'asseoir à table en face d'elle. Gêné de son débordement d'émotions de la nuit, il évitait son regard. Mille questions lui trottaient dans la tête à propos de la robe blanche — où sa tante l'avait-elle trouvée et pourquoi la portait-elle cette nuit ? — mais il se sentait trop intimidé pour oser les poser et il restait le nez baissé.

En entendant un bruit feutré de pas, il se douta que Susan venait se mettre à côté de lui. Il sentit en effet sa main se poser doucement sur son épaule.

« Comment te sens-tu ?

— Ça va. »

Levant la tête vers Susan, il vit dans ses yeux tant de tendresse inquiète à son égard que sa gêne s'estompa.

Elle l'aimait, elle le comprenait.

Tout comme sa mère l'aimait et le comprenait.

Elle retira sa main de son épaule au moment précis où il commençait à la trouver pesante.

« Tu as faim ?

— Ouais.

— Qu'est-ce que tu prendras, ce matin ? »

Il tourna vers Susan un franc regard et répondit :

« Et pourquoi pas une de tes crêpes ? Avec du *vrai* sirop d'érable.

— C'est comme si elle était déjà dans ton assiette ! » répliqua Susan en lui rendant un large sourire.

Il était en train de finir son petit déjeuner, lorsque Connie entra. Elle portait aujourd'hui les cheveux sur les épaules et elle était vêtue, comme sa mère, d'un jean et d'un pull-over.

La petite fille lança à Mark un regard intimidé, puis traversa la pièce. Arrivée à l'autre bout, elle fit signe à sa mère de venir se pencher vers elle. Susan alla tendre son oreille et Connie lui murmura un secret.

Susan se redressa.

« Je ne sais pas. Demande-le-lui toi-même.

— Maman, pria Connie d'une voix suppliante.

— Voyons, fais-le toute seule. Il ne va pas te mordre ! »

Mark s'essuyait les lèvres avec une serviette en papier. Connie vint à lui, tournicotant d'un geste nerveux une mèche de cheveux entre ses doigts.

« Tu voudrais pas faire un puzzle avec moi ?

— Si je voudrais pas faire un puzzle avec toi ? » répéta-t-il, jouant la surprise. Il jeta un coup d'œil à Susan par-dessus l'épaule de la petite fille et vit qu'elle les observait tous deux en souriant.

« Bien sûr que je veux faire un puzzle avec toi ! »

Les yeux de Connie se firent tout ronds de plaisir et un sourire de bonheur illumina son visage. « Ouais ! ! ! Viens ! »

En deux temps, trois mouvements, elle l'avait pris par la main et le tira jusqu'au salon.

« Ne bouge pas », lui dit-elle, en le poussant pour qu'il se glisse entre le divan et une table basse carrée. « Je reviens tout de suite. »

Elle se précipita hors de la pièce. Une seconde plus tard,

elle était de retour avec un puzzle qui représentait un poney dans un pré.

Connie ouvrit la boîte et la secoua à l'envers pour en faire tomber les pièces qui étaient deux fois plus grandes que celles des puzzles ordinaires.

« Qu'est-ce qu'il faut faire en premier ? lui demanda-t-elle.

— Moi, je retourne toujours les morceaux de face, pour les avoir tous sous les yeux en même temps. »

Ils firent ensemble comme il avait dit et Connie proposa :
« On peut faire le poney en premier ?

— Excellente idée. Ça devrait être facile, parce que c'est la seule partie marron du dessin. »

Connie rassembla toutes les pièces marron et, aidée de Mark qui lui soufflait des indices, elle réussit à toutes les placer correctement.

« Formidable ! Bravo, Connie ! » s'exclama son cousin, comme si elle venait d'accomplir un miracle.

La petite fille rougit de plaisir.

« Après, on fait quoi ?

— Moi, j'aime bien faire la bordure, expliqua-t-il. Toutes les pièces qui ont un côté droit. »

Ce disant, il en prit quelques-unes et les plaça ensemble pour lui montrer comment faire.

Mais Connie fit la moue.

« Qu'est-ce qui ne va pas ? lui demanda Mark.

— C'est trop dur, comme ça !

— Eh bien, choisis une autre couleur.

— On va faire le ciel », proposa-t-elle en faisant un tas des pièces bleu clair. Elle tomba sur un morceau bleu avec un peu de blanc et ne sut où le placer.

« Regarde, il y a du bleu, lui dit Mark pour l'encourager gentiment.

— Alors, c'est que c'est le ciel, décida-t-elle. Mais pourquoi il y a du blanc, dis ?

— Ça... ! fit Mark avec un geste d'ignorance. A ton avis, qu'est-ce qu'il y a de blanc dans le ciel ?

95

— Un nuage ! s'écria Connie.

— Exact. Et regarde, il y aussi un côté... qui est... droit.

— Alors ça va..., dit-elle en parcourant des yeux le puzzle, ça va, ça va... là !

— T'es super-douée, dis donc ! » la félicita Mark.

Connie ne se sentait plus de bonheur. Au lieu de prendre une autre pièce, elle se tourna face à son cousin et déclara : « Tu es gentil !

— Toi aussi, tu sais », lui répondit Mark.

Elle resta un instant à le regarder, les yeux pleins d'innocence, puis finit par dire son nom :

« Mark ?

— Oui ?

— Tu es content d'habiter avec nous ?

— Bien sûr.

— On va faire très attention à toi, tu sais, comme ça tu ne seras plus triste. »

Mark fut un peu désarçonné. Il n'était pas triste, du moins pas ce matin.

Une porte claqua dans la maison et l'instant d'après, Henry fit son apparition sur le seuil du salon, un sac à dos vert sanglé sur les épaules, un autre plus petit à la main.

« Dix heures, zéro minute, zéro seconde ! annonça-t-il. En avant, la troupe ! »

D'un rapide coup d'œil, Mark vit Connie se renfrogner.

« On finira le puzzle plus tard », dit-il en se levant. Et il sortit derrière Henry.

Celui-ci avait fait demi-tour et lui tenait déjà la porte d'entrée ouverte. Dans le hall, Mark saisit au passage la veste chaude que Susan lui avait donnée à mettre et l'enfila. Le regard d'Henry perdit toute expression et il sortit le premier sur la véranda. Là, il tendit à Mark le petit sac à dos. Celui-ci, surpris de le trouver si lourd, n'eut pas le temps d'exprimer son étonnement, car un bruit lui avait fait tourner la tête : Connie, sortie à son tour, se tenait derrière lui. Elle allait s'avancer sur la véranda, lorsque Henry lui plaqua la main sur la poitrine.

« Pas de toi ici ! la freina-t-il dans son élan.

— Pourquoi ? se regimba la petite fille. Je suis son amie aussi !

— Secret militaire ! »

Les yeux de Mark croisèrent ceux de sa cousine et il eut pitié d'elle. Il aimait bien jouer avec elle quand ils étaient seuls tous les deux, mais maintenant qu'Henry était là, Connie devait comprendre que ses jeux ne faisaient pas le poids comparés à ceux que son frère proposait.

« Ne t'en fais pas, lui dit Mark, je jouerai avec toi en rentrant. Juré ! »

Passant devant Mark, Henry sauta au bas du perron. Mark enfila le sac à dos, se demandant ce qu'il pouvait contenir pour être si dur. Puis il courut sur les traces de son cousin. Connie avança jusqu'à la balustrade et, d'une voix mauvaise entrecoupée de sanglots, cria à leur suite :

« Vous pouvez les garder, vos secrets ! Moi aussi j'en ai et je vous les dirai pas ! »

Mark s'arrêta pour la regarder, un peu ébahi de constater une explosion de fureur aussi intense chez une petite fille encore si gentille et gaie quelques instants seulement auparavant, mais Henry lui faisait déjà de grands signes de loin en l'appelant et Mark, après un dernier regard vers Connie, fit demi-tour et s'élança dans le bois.

« Reste baissé ! » lui jeta Henry d'une voix sifflante, tandis qu'ils se ruaient à travers les arbres, progressant par plongeons d'un tronc à l'autre, pour échapper au feu d'un ennemi imaginaire.

Ils escaladèrent à quatre pattes un versant boisé et en redescendirent l'autre côté, courant toujours parmi d'épaisses broussailles.

« Destination : deux cents mètres en avant, et regroupement ! » souffla Henry.

Henry jouant les éclaireurs et Mark le suivant, les garçons parvinrent jusqu'à l'étang, à quelques centaines de mètres de la passerelle sur laquelle le chien les avait poursuivis l'autre jour. Là, Henry s'accroupit derrière un gros rocher.

« Destination atteinte ! » annonça-t-il, en se débarrassant de son sac à dos. « La troupe dresse le camp. »

Chacun défit son paquetage et Mark y découvrit la machine-catapulte, la manette à remonter le mécanisme et une quantité de tire-fond.

« Et maintenant, permettez-moi de vous présenter le canon à crampons, qui requiert, comme vous le voyez, un certain assemblage », fit Henry, imitant si bien un animateur de télémarché que Mark ne put s'empêcher de sourire. Son cousin pouvait être vraiment très drôle quand il le voulait.

Tout en montant sa catapulte, Henry demanda :

« Qu'est-ce que vous faisiez, avec Connie, tout à l'heure ?
— Un puzzle, répondit Mark.
— Un puzzle pour bébés ? ! Et ça t'amuse ?
— Non, mais elle voulait que je l'aide, répondit Mark.
— Te sens pas obligé d'être gentil avec elle, dit Henry.
— Ça m'a fait plaisir », répliqua Mark.

Henry n'ajouta rien, mais Mark comprit très bien qu'il ne voulait pas le voir jouer avec sa sœur.

La catapulte était presque entièrement montée.

« Repos ! » dit Henry, reprenant le jargon militaire.

« Canon armé et prêt à tirer ! » répondit Mark, tout en introduisant un crampon dans la fente.

« Parfait ! »

Henry se mit derrière la catapulte et la braqua sur un rocher. Puis il entreprit de remonter le mécanisme, en manœuvrant d'avant en arrière la manette.

« Remontage en cours ! Surveillez les environs ! »

Mark scruta le ciel, passant en revue chacune des boules de nuages qui le ponctuaient çà et là.

« Remontage au maximum !... Postez-vous en observation ! » ordonna Henry.

Il alla s'accroupir derrière la catapulte et inspecta l'horizon.

« Essaie d'atteindre ce rocher, là », fit Mark, en lui en indiquant un au milieu de l'étang.

« Négatif ! » répondit Henry, en continuant d'examiner les lieux.

Mark n'eut pas besoin d'attendre longtemps pour comprendre quelle cible son cousin allait choisir, car, très vite, Henry ajouta :

« Objectif en vue ! »

Mark leva les yeux sur la berge d'en face : le gros chien brun et blanc de l'autre jour trottait au bord de l'eau, sans avoir remarqué la présence des enfants. Henry, derrière sa catapulte, en suivait les mouvements et faisait pivoter la machine sur son axe au rythme de son trot.

« Qu'est-ce que tu fous ! » dit Mark, voyant qu'Henry visait l'animal.

Il y eut un clic, puis un fort baoum : la machine avait tiré.

Sur l'autre rive, le chien fut brusquement projeté de côté et s'effondra de tout son poids. Péniblement, il se remit sur ses pattes et fit quelques pas. L'espace d'une seconde, Mark se dit qu'Henry ne lui avait pas tiré dessus, contrairement à ce qu'il croyait, et il se sentit soulagé. Mais très vite il aperçut une tache cramoisie sur le flanc de l'animal.

Mark retint sa respiration.

La tache grossissait à vue d'œil, et le chien trébuchait, s'efforçant chaque fois de reprendre sa marche.

« Oh, mon Dieu ! » s'exclama Mark d'une voix étranglée.

La tache recouvrait maintenant tout le flanc de l'animal. Ses pattes s'emmêlaient et ployaient sous lui. Il se relevait chaque fois avec plus de peine et finit par s'écrouler, pour ne plus faire qu'un tas sur le sol.

Une patte se dressa et retomba. Puis tout resta immobile.

Mark tourna la tête vers son cousin et le regarda, totalement hébété. Henry, lui, n'avait pas quitté le chien des yeux et son visage avait pris une expression d'émerveillement et de respect mêlé de crainte.

« Tu l'as tué ! » s'écria Mark.

Henry tourna lentement la tête vers lui : il semblait émerger d'une hypnose. Ses yeux mirent si longtemps à faire le point sur Mark que celui-ci se demanda si son cousin l'avait entendu. Finalement, Henry écarta les bras, l'air de signifier qu'il n'y était pour rien.

« Je voulais juste lui faire peur. »

Incapable de savoir s'il devait le croire ou pas, Mark ne cessait de faire aller ses yeux du chien à Henry.

« Tu as vu comment il a fait ? s'exclamait celui-ci. Il a continué de marcher comme si tout était normal ; après, son allure a ralenti de plus en plus et il s'est arrêté complètement. Je me demande quelle impression ça lui a fait. Je me demande à quel moment il s'est rendu compte qu'il avait mal. »

Éberlué devant la fascination d'Henry, Mark regardait le chien et n'en croyait pas ses yeux : ils avaient tué une bête vivante ! C'est vrai que le molosse les avait poursuivis la dernière fois, mais tout molosse qu'il était, il avait aussi un maître, qui allait souffrir de sa perte.

« Tu lui as vraiment tiré dessus sans faire exprès ? » demanda Mark.

Henry lui jeta un regard dénué de toute expression.

« Qu'est-ce que tu crois, toi ?

— Justement, je ne sais pas, fit Mark. Tu n'as pas de remords ? »

Henry considéra l'animal immobile au bord de l'eau.

« Tu crois qu'il en aurait eu, lui, s'il nous avait attrapés l'autre jour ?

— Ce n'était qu'un chien, répondit Mark. Il ne savait pas ce qu'il faisait.

— Eh bien, à l'avenir il saura ! » constata Henry avec un haussement d'épaules.

Encore une fois, Mark fut ahuri de sa réaction. Son cousin se fichait complètement de ce qu'il venait de faire, Mark en était certain, à présent. Et il en était presque à se demander si Henry n'avait pas tué le chien volontairement.

« Je crois qu'on devrait le dire, dit Mark.

— Tu ne peux pas faire ça ! rétorqua Henry en secouant la tête.

— Pourquoi ?

— Parce qu'on aura vraiment des histoires, expliqua Henry. Personne ne croira que c'était un accident. Tu veux que mes parents soient obligés d'appeler ton père au Japon pour lui dire que tu as tué un chien ?

— Mais, c'est... c'est pas moi qui l'ai tué ! répliqua Mark, abasourdi.

— Tu m'as bien aidé à transporter le canon à crampons jusqu'ici, hein ? questionna Henry. Tu m'as bien aidé à le monter ? Et c'est toi qui as mis le tire-fond dans la fente !

— Mais je ne savais pas que tu visais le chien !

— Je ne l'ai pas visé. C'est un accident, compris ? »

Mark ne savait que dire ou penser. C'est vrai qu'il avait aidé Henry, mais il n'avait pas la moindre idée du but envisagé, il croyait que c'était un nouveau jeu. Il ne voulait pas se faire gronder pour avoir tué le chien. Et il ne voulait pas non plus se retrouver dans la situation de devoir dire à son père ou à Susan et Wallace que tout ça, c'était la faute d'Henry, pas la sienne.

« Il n'y a plus qu'à s'en débarrasser ! » dit Henry.

Mark le regarda avec horreur.

« J'ai dit : il faut qu'on s'en débarrasse, répéta Henry. On ne peut pas le laisser là. Pour que son maître le trouve ? Les chiens qui s'enfuient, ça arrive tout le temps. C'est ce que se dira son maître, quand il ne le verra pas rentrer.

— Et comment tu vas faire, pour t'en débarrasser ? demanda Mark.

— Pas moi. Nous ! Nous allons le jeter dans le puits.

— Au cimetière ? »

Acquiesçant d'un signe de tête, Henry entreprit de démonter la catapulte.

« Qu'est-ce que tu fais ? lui demanda Mark.

— Je démonte la machine, répondit Henry. Après, on ira chercher le chien. »

Comme dans un cauchemar, Mark regarda son cousin démonter le canon et en répartir les pièces dans les sacs à dos, avant de lui tendre le plus petit. Mark le passa sur ses épaules.

Que pouvait-il faire d'autre ? Henry était son cousin et son ami. Ils avaient fait une erreur, mais, comme l'avait affirmé Henry, personne ne les croirait.

Les sacs sanglés sur leurs dos, ils suivirent la berge jusqu'à la passerelle. Arrivés de l'autre côté, ils refirent le chemin en sens inverse.

Écœuré à la pensée de ce qui les attendait, Mark ralentissait le pas.

« On devrait quand même le dire à quelqu'un.
— Si tu fais ça, ça aura vraiment l'air mal.
— Je sais, mais...
— De toute façon, il était vieux, ce chien, dit Henry. Tu as vu comme il avait le museau tout gris ? Et puis, un tas d'autres choses auraient pu lui arriver. Il aurait pu tomber d'une falaise, se faire écraser par une voiture. Et je te dis pas le nombre de chiens qui sont tués pendant la chasse ! Ça arrive tous les jours ! »

Aucun de ces arguments ne réconfortait Mark. Avant qu'il n'ait eu le temps de faire ouf, son cousin et lui étaient arrivés au chien. Il vit immédiatement la tête du tire-fond qui saillait, bien visible, au milieu de la tache rouge. Le sang avait dégouliné le long des poils et coulait en minces filets jusqu'au lac. Le chien avait les yeux ouverts, le regard vide et vitreux, lointain. La langue lui sortait de la gueule et touchait presque le sol.

Sans mot dire, Henry se pencha et saisit les pattes avant. Puis, relevant la tête, il fit signe à Mark d'en faire autant à l'autre bout. Celui-ci se pencha et glissa ses mains autour des pattes arrière, dégoûté : elles étaient encore chaudes.

Henry souleva l'animal en premier. Mark finit par l'imiter. Et ils commencèrent à porter le chien en direction de la passerelle.

Le trajet jusqu'au cimetière fut horrible. Mark se sentait coupable et avait honte. A un moment, quand il perdit prise et que le pauvre chien tomba sur le sol, il faillit éclater en sanglots.

Ils finirent par arriver au cimetière. Henry souleva le couvercle du puits et ils balancèrent ensemble la carcasse dans le vide. Elle disparut dans le noir, et Henry, penché sur la margelle, en suivit la chute à l'intérieur.

Il y eut un splash !

Henry se redressa et, faisant semblant de porter un clairon à sa bouche, il sonna l'extinction des feux.

Mark s'éloigna, dégoûté. Si parfois Henry savait être drôle, à d'autres moments il ne l'était vraiment pas !

« Hé ! T'as perdu ton sens de l'humour ? » le relança Henry.

Mark ne répondit pas. Il commençait à penser que son cousin n'allait pas bien dans sa tête.

DOUZE

« Ça ne va pas ? »

Mark cligna les yeux et leva la tête vers sa tante. Henry et lui étaient à table. C'était l'heure du déjeuner.

« Tu n'as pas touché à ton repas », dit Susan.

Mark regarda fixement le sandwich à la salade posé sur son assiette, dont il n'avait pas pris une seule bouchée. En face de lui, Henry avait déjà fini le sien et grignotait des bouts de carottes.

« Heu, je ne dois pas avoir faim, répondit-il.

— Tu vas bien ? » continua-t-elle.

Mark acquiesça d'un signe de tête, bien qu'en réalité le souvenir de ce qui s'était passé le matin lui donnât encore la nausée.

« Ce n'est pas normal, pour un garçon de ton âge, de ne pas avoir d'appétit ! » ajouta-t-elle.

Mark lança un coup d'œil à Henry de l'autre côté de la table et celui-ci intervint :

« C'est parce qu'on a pris des gâteaux en ville.

— Je vois, dit Susan en hochant la tête. Ça explique tout. »

Mark eut envie de lui dire que la raison était tout autre, mais les yeux d'Henry accrochèrent les siens et sans que son cousin ait eu à bouger un seul muscle de son visage, son regard qui semblait intimer : *"Va pas nous balancer !"* suffit à le museler. Il baissa le nez sur son assiette et mordit un petit bout du sandwich.

Le déjeuner terminé, Henry annonça qu'il avait à faire dehors. Mark ne lui demanda pas de quoi il s'agissait, il en avait par-dessus la tête de ses projets.

Henry parti, il se rendit au salon. Le puzzle était toujours sur la table. Apparemment, Connie ne s'y était pas remise depuis qu'il l'avait quittée pour suivre Henry. Comme elle n'avait pas déjeuné avec les garçons, Mark se dit qu'elle devait être allée jouer chez une petite amie. D'une certaine manière, il regrettait son absence. Connie était douce et innocente, ce n'était pas elle qui aurait fait des trucs tordus !

Mark réalisa soudain qu'il se retrouvait sans rien à faire. Il regarda par la fenêtre, le ciel s'était couvert de nuages gris. Sortir dehors n'était pas tentant, surtout qu'Henry devait être dans les parages et Mark n'avait pas la moindre envie de tomber sur lui.

Un piano à queue se dressait dans un coin de la pièce, il alla poser un doigt sur une note. Le son qui en sortit lui parut plutôt désaccordé.

Il se mit à examiner les photos disposées sur le piano. La plupart représentaient Wallace, Susan, Henry et Connie. Certaines avaient été prises l'été, à en juger d'après les tenues légères, d'autres en hiver, car il y avait de la neige. D'autres encore les montraient en compagnie de gens que Mark ne connaissait pas, des amis ou des parents sans doute.

Une petite photo noir et blanc, dans un cadre d'argent, retint son attention. Il y reconnut sa mère, un bébé dans les bras. Elle portait une robe et avait les cheveux longs. Mais surtout, elle éclatait de santé.

Il retourna le cadre et lut : Janice et Mark, 1983. Les larmes lui vinrent aux yeux, sans qu'il pût les retenir. Qu'il était dur d'admettre que sa mère n'était plus ! Que c'était injuste !

Et comme il était triste, sans elle...

Il retourna le cadre et contempla à nouveau la photo. Une larme vint s'écraser sur le verre, puis une autre.

« Mark ? »

De surprise, il sursauta et, se retournant d'un mouvement

brusque, fit voler du coude plusieurs cadres qui tombèrent sur le tapis avec un craquement étouffé.

« Oh mon Dieu ! Je suis désolé », bredouilla-t-il, essuyant vite ses larmes. Il se mit à genoux pour ramasser les photos. « Je n'ai pas fait exprès !

— Ce n'est pas grave, dit Susan, venant s'accroupir à côté de lui.

— Je suis vraiment désolé », dit-il en ramassant les photos dont aucun des cadres, à première vue, ne s'était brisé.

« Ce n'est rien, dit Susan.

— Je jure que c'était un accident », fit Mark, laissant échapper le mot qui tournait dans sa tête depuis ce matin. « C'est la vérité ! »

Elle lui lança un drôle de sourire.

« Je te crois, Mark ; de toute façon, rien n'est cassé. On va seulement les remettre en place et tout sera comme avant. »

Elle aperçut le cadre que Mark serrait toujours dans la main et les mots lui restèrent dans la gorge.

« Oh, Mark ! » dit-elle, d'une voix pleine de douceur.

Le petit garçon fixait le tapis, incapable de relever la tête pour la regarder dans les yeux. Elle poursuivit :

« J'aurais dû retirer celle-là.

— Non, ça va, dit Mark, en examinant la photo. Tu l'aimais bien, ma mère ?

— Beaucoup, répondit-elle. Tout le monde l'aimait.

— Je sais, c'est ce que tout le monde dit. Mais toi, tu dis ça pour de vrai, n'est-ce pas ?

— Oui. Elle était formidable et elle t'aimait énormément. »

Il serra encore plus fort la photo dans ses mains.

« La dernière fois que je l'ai vue... elle m'a dit qu'elle serait toujours avec moi.

— C'est vrai, dit Susan, les gens meurent, mais ils restent toujours avec vous. Ils ne vous quittent jamais. »

Tout en disant cela, Susan se baissa pour ramasser une dernière photo, celle d'un petit garçon de deux ans, en pyjama, une baleine en caoutchouc dans les bras. Elle se fit silencieuse.

« C'est Richard ? » demanda Mark.

Susan fit oui de la tête. Ses yeux croisèrent les siens :

« Ta mère vit à l'intérieur de toi. Elle sera toujours une partie de toi.

— Comme Richard est en toi ? l'interrogea-t-il.

— Oui. »

Plongeant ses yeux dans ceux, chaleureux, de sa tante, il éprouva de nouveau ce sentiment particulier qu'il n'avait qu'avec elle, le sentiment de partager ensemble un secret qui n'appartenait qu'à eux, comme si, d'une manière étrange et triste, ils étaient l'un pour l'autre le meilleur ami, malgré leur différence d'âge.

Soudain, Mark eut la sensation d'une présence dans la pièce. Il tourna la tête et vit Henry debout dans la porte. Sans savoir pourquoi, il eut la conviction que son cousin les observait depuis un bon moment. Susan, se tournant à son tour, le vit également.

« Hé, salut, Henry, lui lança-t-elle.

— Salut. » Henry avait parlé sur un ton plat et vide, très différent de celui, animé et énergique, que Mark lui connaissait. Il ajouta à l'adresse de celui-ci :

« Viens, je voudrais te montrer quelque chose dans le garage. »

Mark leva vers sa tante un regard interrogateur.

« Vas-y », lui dit-elle, posant la main sur son épaule et le poussant gentiment.

Mark fit quelques pas et s'arrêta. Derrière lui, Susan demandait à son fils :

« Qu'est-ce que tu as de neuf dans le garage ?

— C'est une surprise, répondit Henry.

— Toi et tes surprises ! » fit-elle sur un ton dénué de toute animosité, joyeusement au contraire, comme si les cachotteries de son fils l'amusaient.

Mark restait planté au milieu du salon, sans la moindre envie de suivre son cousin.

« Tu viens ? » insistait Henry.

Mark lança un regard vers Susan pour signifier qu'il ne voulait pas parler du drame de ce matin en sa présence.

« Allez, viens ! » répéta Henry.

Mark jeta encore un regard à sa tante, implorant celui-là. Mais elle l'encouragea :

« Va jouer, ne te crois pas obligé de rester pour me faire plaisir. »

Si seulement elle savait ! pensa Mark, suivant à contre-cœur son cousin.

Dehors, l'air s'était refroidi, il faisait plus humide aussi, et le ciel ressemblait à une plaque d'ardoise. Mark marchait en traînant, peu convaincu de vouloir découvrir la surprise dont son cousin parlait. Tandis qu'ils traversaient la pelouse en direction du garage, Henry se tourna soudain vers lui et dit d'un air très sérieux :

« Écoute, je suis vraiment désolé pour le chien. C'est un accident, je te jure. Tu ne penses quand même pas que j'aurais fait ça exprès, hein ? »

Mark ne savait toujours pas qu'en penser.

Henry s'arrêta de marcher et, montrant la maison du doigt, il ajouta :

« Si tu veux, je peux rentrer et raconter tout à maman. Ça va nous causer des ennuis, ça c'est sûr, alors qu'on ne les mérite pas. Mais si ça peut te soulager... »

Mark poussa un profond soupir. Plusieurs heures s'étaient écoulées depuis le drame, rien d'épouvantable ne lui était arrivé, la foudre ne lui était pas tombée sur la tête... Il devait se faire une raison. Le chien était mort, et rien de ce qu'Henry et lui pourraient dire ou faire ne le ramènerait à la vie.

« Oublions tout ça », dit-il.

Tout en gardant sa méfiance, il se sentait, en quelque sorte, heureux de ne plus éprouver l'ennui accablant qui l'avait saisi lorsqu'il s'était retrouvé tout seul, sans personne avec qui jouer. Il reprit :

« Alors, qu'est-ce que c'est que tu voulais me montrer ? »

Henry lui sourit.

« C'est quelqu'un que je voudrais te présenter. Quelqu'un de très particulier. Il est là. »

Ils avaient atteint le garage. Au moment où Henry allait en ouvrir la porte, Mark stoppa son geste.

« Qu'y a-t-il ? fit Henry, tournant vers lui un visage surpris.

— Je peux te faire confiance ? » lui demanda Mark.

La question était claire comme de l'eau de roche : plus d'histoires, voulait dire Mark. Henry le dévisagea et répondit, en souriant :

« Hé, nous sommes frères de sang, non ? »

Devant les airs de conspirateur qu'il prenait pour se glisser dans le garage, Mark, sentant la curiosité le piquer, fut forcé de constater que rien de ce que faisait Henry ne le laissait indifférent : la moitié du temps, il tremblait d'inquiétude en se demandant quelle idée saugrenue allait encore germer dans la tête de son cousin ; l'autre moitié, il bouillait d'impatience à l'idée de découvrir enfin en quoi consistait sa dernière trouvaille.

Mark entra à l'intérieur juste au moment où Henry allumait les néons. Un homme en costume froissé était assis sur une chaise dans l'ombre, lui tournant le dos. Il retint son souffle. L'homme portait une casquette bleu marine et avait la tête penchée en avant, comme s'il était endormi.

« C'est qui ? » voulut demander Mark.

Henry mit vite un doigt sur ses lèvres.

« Chut, c'est Monsieur Autoroute.

— Qui ? » redemanda Mark dans un murmure.

Henry s'avança sur la pointe des pieds. Il tendit le bras et tira d'un geste brusque la tête de Monsieur Autoroute en arrière. Elle retomba sur sa poitrine, mais Mark avait eu le temps de voir que ce Monsieur Autoroute n'avait pas de visage, il avait à la place un petit abat-jour que maintenait sa casquette : Monsieur Autoroute n'était qu'un mannequin.

« C'est un "suicide", murmura Henry

— De quoi tu parles ? ! dit Mark.

— Il veut mourir », expliqua Henry.

Qu'est-ce que c'était encore que ces bêtises ! Mark saisit la tête et la tira à son tour. A en juger d'après la consistance, le mannequin devait être rempli de quelque chose qui ressemblait à de la bourre à matelas.

« C'est toi qui l'as fabriqué ? » demanda Mark.

Henry hocha la tête affirmativement.

« Et qu'est-ce que tu vas faire avec ?

— Ça dépend », dit Henry, en s'écartant du mannequin pour s'approcher de Mark.

« De quoi ?

— De toi ! »

Encore un défi à relever, ne put-il se retenir de penser. Il avait beau s'être juré de ne plus passer aucun test, sa curiosité était si grande qu'il sentait sa détermination flancher. *Que pouvait bien avoir manigancé son cousin cette fois-ci ?*

« Pourquoi, de moi ? demanda-t-il, se forçant à rester sur ses gardes.

— Tu vas m'aider ? le questionna Henry.

— A faire quoi ? »

Il vit les yeux de son cousin se mettre à briller d'un éclat qu'il leur connaissait bien et qui signifiait qu'Henry avait un nouveau plan en tête.

« Je te garantis que tu te rappelleras toute ta vie ce que je vais te montrer ! répondit Henry.

— C'est pas un truc avec des animaux ?

— Mais non ! s'exclama son cousin avec un rire bruyant.

— Pas avec une falaise ? »

Henry secoua encore la tête.

« Alors, d'ac ou pas d'ac ? »

Mark réfléchit à toute allure : s'il refusait, il n'aurait plus qu'à traîner toute la journée à la maison. D'un autre côté, il n'y avait pas grand risque à *ne faire que regarder*. Surtout qu'il ferait bien attention, cette fois-ci. Au premier soupçon de problème, il se tirerait !

« D'ac ! » fit-il.

Le mot était à peine sorti de ses lèvres, qu'Henry avait plongé sous l'établi et en retirait une vieille couverture, toute mangée aux mites.

« Aide-moi à la déplier. »

Mark ne perdit pas son temps à lui demander ce qu'il comptait faire, sachant à l'avance que l'unique réponse qu'il en tirerait serait : « Tu verras ! » Il saisit la couverture par un bout pour l'étendre par terre.

« Bon. Maintenant, Monsieur Autoroute ! »

Ils prirent ensemble le mannequin par les bras et l'allongèrent sur la couverture.

« On le roule dedans », ordonna ensuite Henry.

L'empaquetage terminé, il alla se placer à un bout de la couverture.

« J'attrape par ici, tu prends là-bas. »

Dévoré de curiosité, Mark ne put bientôt plus y tenir.

« Qu'est-ce qu'on va faire ? demanda-t-il. Et ne me réponds pas : « Tu verras » !

— D'accord ! » dit Henry tandis qu'ils se dirigeaient vers la porte, portant la couverture chacun par un bout. « Nous allons donner un coup de main à Monsieur Autoroute. »

Ils sortirent. Quelques flocons de neige commençaient à tomber. Ils descendirent le chemin, Henry portant la couverture devant, Mark la tenant à l'arrière. Ils tournèrent sur la route. Mark suivait des yeux les flocons de neige dans le ciel et les regardait se déposer tout légèrement sur sa tête et sa veste. De la neige ! De la vraie neige vivante ! Il en avait déjà vu, bien sûr, et souvent, à la télévision, mais c'était la première fois qu'il en voyait pour de vrai ! De vrais flocons lui chatouillaient les narines, s'accrochaient à ses sourcils et, fasciné, il s'étonnait de les voir atterrir et rester par terre !

Henry, lui, marchait sans une ombre d'intérêt pour ce miracle blanc qui tombait des cieux. Et Mark éprouva de nouveau une impression désagréable. Peut-être avait-il eu tort d'accepter aussi facilement de participer à ce nouveau jeu plein de mystère ? Il risquait une fois de plus de tomber dans un des traquenards de son cousin. Il se sentait coincé, mais n'osait pas changer d'avis, car Monsieur Autoroute était trop lourd pour qu'Henry puisse le porter tout seul.

Poussés par le vent, les flocons de neige commençaient à recouvrir la route. Il n'y en avait pas encore beaucoup, mais Mark commença à s'inquiéter, craignant de se retrouver pris, loin de tout, dans une tempête de neige.

« Où est-ce qu'on va ? demanda-t-il.

— On y est presque », répondit Henry.

Un peu plus loin, la route faisait un tournant. Tandis qu'ils s'en rapprochaient, Mark entendit un bruit qui lui parut familier, bien qu'il ne parvînt pas à l'identifier ici, en pleine campagne. Mais lorsque le bruit se fit plus fort, il comprit qu'il s'agissait d'un bruit de voitures.

Sur une autoroute.

Ils entrèrent dans le virage. Au bout, la route franchissait une autoroute à six voies assez fréquentée, ce qui était inattendu dans une région rurale comme le Maine. Les voitures roulaient à toute vitesse.

« Où est-ce qu'elles vont, toutes ces voitures ? demanda Mark.

— A Bangor, à Portland, je ne sais pas, moi », répondit Henry.

Ils arrivèrent au pont qui était fait de béton et d'acier. Séparé de la chaussée par un muret de béton, un trottoir avait été aménagé des deux côtés pour les piétons, et une rambarde de métal peinte en vert courait sur toute la longueur pour éviter aux passants une chute éventuelle.

Qu'allaient-ils faire maintenant ? se demandait Mark.

Après un temps de repos, ils s'engagèrent sur le pont, Henry devant, Mark derrière, tenant toujours la couverture chacun par un bout. En bas, les passagers des voitures leur jetaient de brefs coups d'œil derrière les pare-brise, avant de disparaître sous le pont.

« Posons-le », dit Henry.

Ils déposèrent ensemble la couverture par terre sur le trottoir piétonnier et Henry entreprit de démailloter Monsieur Autoroute.

« Qu'est-ce que tu vas faire ? l'interrogea Mark.

— Monsieur Autoroute a besoin de prendre l'air », expliqua son cousin.

Une fois le mannequin sorti de la couverture, Henry le mit debout et l'appuya contre la rambarde.

« Allez, Monsieur Autoroute, dit-il, admirez le spectacle ! »

Ils se tenaient au centre du pont, juste au-dessus de la voie la plus rapide, de part et d'autre du mannequin, regardant passer sous eux les nombreuses voitures, et Mark se dit que les conducteurs devaient prendre leur petit groupe pour deux enfants accompagnés d'un vieil homme.

« Monsieur Autoroute a eu une vie bien difficile, se mit à raconter Henry. Sa femme l'a quitté et ses enfants se sont enfuis de chez eux. Sa maison a brûlé dans un incendie et on lui a volé sa voiture. »

Mark ne put réprimer un sourire en entendant le ton assez drôle qu'Henry avait pris pour énumérer tous ces malheurs, fort tristes, du reste, mais inventés de toutes pièces. Son cousin avait ensuite ajouté quelque chose que Mark n'avait pas entendu car un gros camion était passé sous le pont au même moment. Il lui demanda de répéter.

« J'ai dit : « Pauvre vieux Monsieur Autoroute qui est au bout du rouleau. »

— Ah bon ?

— Ouais ! Il en a assez de sa vie misérable. »

Henry ajouta encore quelque chose, mais, cette fois aussi, le bruit d'un camion couvrit ses paroles.

« Quoi ? hurla Mark pour se faire entendre.

— Dis au revoir ! » cria Henry à son tour.

En deux temps trois mouvements, il avait empoigné le mannequin.

« Non ! » s'écria Mark, réalisant subitement son horrible intention.

Mais c'était trop tard. Henry avait fait basculer Monsieur Autoroute par-dessus la rambarde.

TREIZE

Tout sembla se dérouler comme au ralenti. Mark se jeta contre la rambarde. Appuyé de tout son corps sur le métal glacé, il suivit des yeux le plongeon de Monsieur Autoroute et eut le temps de voir le visage des conducteurs en dessous se figer d'horreur, persuadés qu'ils étaient que quelqu'un venait de se jeter du pont.

La voiture qui arrivait à toute vitesse sur la voie rapide freina violemment et se mit à déraper dans un sens, puis dans l'autre, se rapprochant du pont et du corps d'une silhouette d'homme en train d'en tomber.

Elle vint en percuter une autre qui roulait sur la ligne médiane et les deux voitures se retrouvèrent collées, portière contre portière, à effectuer ensemble des glissades aussi bizarres que violentes. Arrivant par-derrière, une troisième voiture, freinant à mort, fit un tête-à-queue et partit en tournant sur elle-même comme une toupie, tandis que les deux premières, toujours soudées ensemble, valsaient en direction de la voie lente.

Glacé de terreur, Mark observait la scène. Des gens allaient mourir. D'autres s'en sortiraient, estropiés à vie.

Et tout cela à cause de lui.

Du coin de l'œil, il voyait Henry exulter, les bras levés en signe de triomphe, hurlant sa victoire, mais les chocs des voitures et le bruit des klaxons l'empêchaient d'entendre ses paroles.

Une voiture qui roulait sur la voie lente vint cogner l'arrière des deux qui dansaient toujours ensemble, les renvoyant valdinguer de l'autre côté de la chaussée.

Et ce fut la fin. Trois voitures démantibulées, toutes cabossées, se retrouvaient projetées n'importe où sur l'autoroute. Pendant un instant, tout resta immobile. Le silence semblait intense, déchiré seulement par le son d'un klaxon bloqué et le sifflement des jets de vapeur qui sortaient d'un capot tout tordu.

Puis il y eut le grincement d'une portière déglinguée qu'on tentait d'ouvrir. Pétrifié d'horreur, Mark continuait d'observer la scène. Enfin, un dernier son monta à ses oreilles, des hurlements d'enfant.

Ils provenaient d'une des voitures embouties, une fourgonnette avec des montants en similibois.

Y avait-il un enfant blessé à l'intérieur ?

Ou mort, qui sait ?

Mark sentit un froid glacé l'envahir et un remords abominable le saisit. Comment avait-il pu prendre part à une telle horreur ! Jamais, de sa vie entière, il n'aurait commis de lui-même une chose aussi atroce ! S'il s'était seulement douté un instant du projet d'Henry, il n'y aurait jamais collaboré, c'est évident. C'était un acte abominable, qu'il ne lui serait jamais seulement venu à l'idée d'imaginer !

Ses yeux se remplirent de larmes. Il sentit qu'on le tirait par la veste. Ce devait être Henry. Il ne voulut pas le regarder et continua de fixer l'autoroute.

La portière enfoncée finit par s'ouvrir et un homme s'en extirpa. Il traversa l'autoroute, courant à toutes jambes jusqu'à la fourgonnette. Il saisit la poignée de la portière et l'ouvrit à toute volée. Une femme en sortit, encore toute flageolante.

« Ça va ? hurla l'homme.

— Oui, oui, je crois. »

L'homme regarda par-dessus son épaule à l'intérieur de la fourgonnette.

« Et les enfants ?

— Ils n'ont rien, dit-elle d'une voix étranglée. On est tous indemnes ! »

D'autres personnes accoururent, de plus en plus nombreuses, en provenance de divers véhicules. Mark essuya ses larmes et releva son regard pour embrasser l'autoroute dans son ensemble : sur chacune des trois voies, les voitures arrêtées commençaient à former un bouchon. Les personnes les plus proches de l'accident sortaient de leurs voitures. Certaines restaient debout, d'autres couraient proposer leur secours aux accidentés.

Henry recommença à le tirer par la manche. Mark ne bougea pas davantage. C'était affreux, épouvantable, la chose la pire qu'il eût jamais vue...

Les passagers de la troisième voiture sortirent à leur tour. Personne ne semblait blessé. C'était incroyable, miraculeux. Quant à l'homme qui avait ouvert la portière de la fourgonnette, il se dirigeait maintenant vers la voie rapide.

Vers Monsieur Autoroute...

« Grouille ! » siffla Henry, en le tirant fort par la veste une dernière fois. « Faut qu'on se tire ! »

Oui, ils avaient intérêt à galoper, s'ils ne voulaient pas se faire prendre. De toute façon, Mark savait que si quelqu'un devait se faire attraper, ce serait lui.

Et tout ça, pour avoir pris part à une chose qu'il n'aurait jamais faite si seulement il avait su à l'avance de quoi il allait s'agir !

L'instant d'après, Henry et lui couraient à toute allure sur le pont. Arrivé sur la route, Mark se retourna et eut le temps d'apercevoir que l'homme penché sur Monsieur Autoroute levait maintenant la tête vers le pont et regardait l'endroit précis où Henry et lui-même se tenaient juste avant.

Tout en courant, Henry faisait des bonds de victoire et s'exclamait, le poing levé en signe de triomphe :

« Fabuleux ! »

Les yeux de Mark s'emplirent à nouveau de larmes. Comment son cousin avait-il pu souhaiter accomplir une telle horreur, il n'arrivait pas à le comprendre. Il se sentait abominablement mal.

Il réalisa soudain qu'Henry courait, la tête maintenant tournée vers lui, quêtant son approbation :

« T'as vu ça ! » Il s'en s'étranglait d'excitation. « Fantastique, hein ! Vingt bagnoles, trente ! On a ga-gné ! On a ga-gné ! »

On ? C'est-à-dire lui aussi ! Un sentiment épouvantable de remords et d'angoisse le saisit. Comment cela s'était-il fait ? Comment en était-il arrivé à participer à une telle abomination !

Subitement, il se sentit attrapé par le bras et stoppé dans sa course ; Henry s'était immobilisé juste derrière lui, aux aguets.

Au début, Mark n'entendit rien. La seule chose qu'il remarqua, c'est que la neige s'était mise à tomber plus dru. Puis il entendit au loin le son d'une sirène. Ou plutôt de plusieurs sirènes. Qui se rapprochaient. Et il aperçut au travers des arbres leurs lampes bleues et rouges. En fait, il y avait toute une file de clignotants bleus et rouges, et les sirènes étaient de plus en plus stridentes. Il sentit la prise d'Henry se resserrer sur son bras.

« Par ici ! » lui jeta son cousin en le poussant vers le fossé du bas-côté. Ils glissèrent sur l'herbe couverte de neige. Arrivé au fond, Mark resta debout, comme sous l'emprise d'une hallucination.

« Allez ! » siffla de nouveau Henry. Un ton d'ennui avait remplacé son exubérance précédente. Il reprit Mark par le bras et se mit à le tirer le long de la cuvette.

« Qu'est-ce que tu fous ? dit Mark. Où est-ce que...

— Tiens-toi tranquille ! » lui jeta Henry.

Les sirènes devenaient de plus en plus assourdissantes. On entendait aussi des moteurs qui tournaient à toute allure.

Un gros conduit souterrain débouchait sur le fossé juste à côté des garçons, un tuyau très large, destiné à faciliter l'écoulement des eaux sous la route en période de pluie.

« Entre là ! » dit Henry, tirant Mark vers le bas pour le faire se baisser. Ils s'accroupirent à l'intérieur, s'adossant contre les parois arrondies du conduit.

« Je ne savais pas..., bégayait Mark, submergé d'effarement et de remords. Je ne savais vraiment pas... Je ne pouvais pas... Je ne comprends pas comment tu as pu faire ça !

— La ferme ! » jeta Henry.

L'instant d'après, le tuyau se mit à résonner du grondement des ambulances et des voitures de police qui passaient au-dessus de leurs têtes.

Mark se renferma dans le silence. Il était ébahi, ahuri. Ce cauchemar était le pire de tous. Il n'arrivait pas à croire qu'Henry ait pu faire ça. Ce type était dingue. D'ailleurs, il fallait être complètement dingue pour commettre une chose pareille !

Une dernière voiture de police mugit au-dessus d'eux et le silence s'établit. Mark sentit une main se poser doucement sur son épaule. Il releva la tête brutalement et se retrouva les yeux dans les yeux avec son cousin.

Henry avait son sourire confiant, plein de charme...

Il était d'un calme tranquille après ce qu'il venait d'accomplir...

Incrédule, Mark scrutait son visage.

« Hé, relaxe, personne n'a été blessé, disait Henry.

— C'est pas le problème !

— Je ne pouvais pas me douter que ces cons de chauffeurs réagiraient comme ça », reprit Henry, d'un air de totale innocence. « C'est eux qui ont paniqué, quand même ! »

Mark n'en pouvait plus d'entendre des crétineries pareilles.

« Tu te rends compte de ce que tu viens de faire ? »

Avec un sourire inattendu, Henry rétorqua :

« Ce que *moi* j'ai fait ? On a fait ça *tous les deux*, il me semble !

— *Tu* aurais pu tuer des gens ! continua Mark.

— Pas sans *ton* aide ! »

Furieux, Mark secoua la tête.

« Ça, sûrement pas. Je n'avais pas la moindre idée de ce que tu voulais faire !

— Voyez-vous ça ! » répliqua Henry, avec son sourire de minauderie maniérée. « Et moi qui pensais que tu m'avais encouragé tout du long. Je n'ai rien fait tant que tu ne m'as pas apporté ton aide, tu sais ! »

Mark le dévisagea, abasourdi. Est-ce que ce mec voulait lui faire porter le chapeau ? *A lui !* L'idée lui paraissait tellement ahurissante qu'il ne trouvait même pas les mots pour la réfuter.

Henry se glissa tout près de lui.

« T'en fais pas, dit-il, prenant son ton de conspirateur. Je ne dirai rien tant que tu ne diras rien non plus, mon cher frère de sang ! »

Mark ne put que lui retourner un regard éberlué. La situation était complètement dingue.

« Allez, reconnais-le ! dit Henry, se rapprochant encore. Hein, que tu t'es amusé autant que moi ! »

Amusé ! ! !

Henry se remettait à sa place, quand Mark l'attrapa par le bras à son tour. Les deux garçons se dévisagèrent.

« T'es malade ! » murmura Mark.

Il eut peur qu'Henry ne se mette en colère ou ne se jette sur lui, mais son cousin ne fit que sourire.

« Je t'avais promis quelque chose de sensationnel, que tu n'oublierais jamais de toute ta vie, tu pourrais être un peu reconnaissant ! »

Mark en resta ébahi. *Reconnaissant ! ! !* Parce que Henry croyait que c'était juste une bonne blague, un jeu, simplement ? Alors qu'il aurait pu tuer une demi-douzaine de personnes ! Qu'il avait bousillé leurs bagnoles *pour de vrai* et avait failli les faire mourir de peur ! Et lui, Henry, il s'en fichait, comme de sa première culotte !

Prenant appui sur ses mains, Mark se releva et marcha à croupetons jusqu'à l'orifice du tuyau. Sorti dans le fossé, il se redressa et regarda en direction de l'autoroute. Il ne voyait rien d'autre que les clignotants bleus et rouges à travers les arbres et la neige qui continuait de tomber. Il entendait les ordres que se lançaient les ouvriers en passant des sangles sous les épaves pour les remorquer, et les klaxons des conducteurs bloqués sur l'autoroute qui, leur curiosité satisfaite, commençaient à s'impatienter, toute une cacophonie qui arrivait jusqu'à lui.

Que de travail, de dégâts et de peine ! Et ce crétin d'Henry qui trouvait ça marrant !

Sans un regard vers le tuyau, Mark se mit à escalader le talus. Il se retrouva sur la route et prit le chemin du retour.

« Hé ! Attends ! »

A peine entendit-il la voix d'Henry derrière lui qu'il traversa la chaussée sans se retourner. Il voulait rester le plus loin possible de son cousin.

Henry traversa aussitôt derrière lui et lança :

« Alors, Mademoiselle l'innocente colombe ! »

Mark se dépêcha de retraverser la route. Cette fois, Henry ne le suivit pas.

QUATORZE

Mark resta silencieux pendant tout le dîner et ne toucha qu'à peine à sa nourriture. Son estomac n'était plus qu'un nœud : un nœud de culpabilité quand il se rappelait le passé, un nœud de confusion quand il pensait au présent, un nœud d'angoisse quand il tentait d'imaginer l'avenir. Lorsque Susan lui demanda ce qui n'allait pas, il faillit tout lui dire, mais au dernier moment il n'en eut pas le courage, pas le courage de tout lui dire, *à elle*, et il inventa une histoire de bonbons mangés en ville juste avant le repas.

Henry ne le quitta pas des yeux de tout le dîner. Son regard n'exprimait aucune inquiétude à l'idée que Mark lâche le morceau, non, plutôt de l'amusement, il semblait le mettre au défi : *Chiche que tu me balances !*

Le dessert terminé, Mark alla dans la cuisine. Susan s'y trouvait, en tablier et gants de caoutchouc jaunes, occupée à rincer les plats avant de les mettre au lave-vaisselle. Pour l'aider, Mark se mit à vider les restes des assiettes dans le broyeur.

« Oh, Mark, ce n'est pas la peine, dit-elle.

— Ça me fait plaisir, lui répondit-il.

— Pourquoi tu ne joues pas plutôt avec Henry ? »

Il haussa les épaules et Susan, remarquant son geste d'humeur, s'en inquiéta :

« Toi, il y a quelque chose qui te tracasse. C'est parce que Jack n'a appelé qu'une seule fois depuis qu'il est parti ? »

Son père lui avait téléphoné dès qu'il avait atterri à Tokyo et l'avait prévenu qu'il aurait du mal à le rappeler dans les jours à venir, car entre son emploi du temps et le décalage horaire, les seules heures auxquelles il pourrait téléphoner seraient celles où Mark dormirait. Et le garçon, par conséquent, ne s'inquiétait pas de rester sans nouvelles.

Non, la vraie raison de son abattement était bien différente, et il ne pouvait pas la dire à Susan.

« Si on veut », se contenta-t-il de répondre.

Susan eut un hochement de tête compatissant dans sa direction.

« Tu dois trouver la vie un peu dure en ce moment, non ? »

Ce fut au tour de Mark de hocher la tête. C'était bizarre comme ses autres problèmes s'étaient effacés devant le problème "Henry". Il se sentit à nouveau tenté de tout raconter à sa tante. Mais la peur de ne pas savoir s'y prendre et de ne pas être compris l'en empêcha. Même s'il sentait entre eux deux un lien très fort, il ne la connaissait presque pas. Et elle, elle ne le connaissait pour ainsi dire pas non plus. Quelle raison aurait-elle de le croire ?

« Il t'a dit quand il rappellerait ? demanda Susan.

— Il n'a pas donné de jour exact, dit Mark. C'est pas facile, pour lui, il a beaucoup de travail là-bas. »

Susan acquiesça d'un signe de tête et sourit légèrement.

« C'est bien que tu le comprennes, Mark. A ta place, bien des enfants de ton âge ne voudraient rien savoir. »

Ayant fini de débarrasser, il s'assit à la table de la cuisine et fit semblant de se plonger dans les BD du journal. Elles ne fascinaient pas, mais il était prêt à faire n'importe quoi pour éviter Henry et tout ce qui pouvait lui rappeler ce qui s'était passé aujourd'hui.

Assise près de la fenêtre, Susan berçait Connie sur ses genoux et regardait avec elle les gros flocons de neige qui voguaient doucement dans les lumières du jardin.

Elle avait l'habitude de regarder les informations locales en rangeant la cuisine et la petite télévision en couleurs était branchée. Jusque-là, Mark n'avait pas prêté attention aux nouvelles, mais soudain il entendit annoncer que l'autoroute était fermée en raison d'un accident impliquant trois voitures.

Relevant les yeux sur l'écran, il se sentit verdir. Le spectacle de cet après-midi était là, devant lui : au premier plan, des ambulances, des voitures de police et des camions de remorquage au milieu des voitures accidentées ; au second plan, un bouchon sur trois files en train d'attendre que l'autoroute soit réouverte. La scène avait forcément été tournée du haut du pont, de sa place à lui !

Puis, l'image passa du jour à la nuit, et un reporter, une femme rousse, un micro à la main, venue se placer face à la caméra, dos au pont, époussetait la neige qui lui couvrait les épaules. Derrière elle, dans le fond, on voyait les signaux des véhicules d'urgence disparaître sous le pont.

« Cette situation s'est prolongée une grande partie de l'après-midi, causant un bouchon de cinq kilomètres en direction du nord. Comme vous pouvez le voir, la circulation est rétablie maintenant, mais elle est restée très ralentie durant de longues heures, le temps que les voitures accidentées aient été enlevées et que les équipes de déblayage aient nettoyé la route. »

La scène passa au studio et la rousse apparut en gros plan sur le moniteur, interrogée par le présentateur du journal, un journaliste du studio à cheveux gris.

« Vous dites, Monica, qu'aucune victime n'est à déplorer ?

— C'est exact, Jim, répondit-elle, et c'est un vrai miracle, tous les officiels que j'ai interrogés le disent ! Les ambulances arrivées immédiatement sur les lieux se sont avérées inutiles. »

Mark sentit son estomac se nouer encore plus, il ne pouvait pas en supporter davantage. Il fallait qu'il parle avec quelqu'un, qu'il se libère de ce poids qui l'étouffait et de ce nœud qui lui broyait l'estomac. Et il devait le faire *sans plus attendre* !

Sa détermination soudaine était telle qu'il se leva d'un mouvement brusque et que sa chaise se renversa bruyamment.

Susan vint la remettre sur pied. Avec un regard intrigué, elle demanda à Mark s'il ne se sentait pas malade.

Il resta à la dévisager une seconde tout entière, sur le point de tout lui avouer.

« Quelque chose te tracasse ? lui demanda-t-elle encore une fois.

— Ça va. »

Non, il ne pouvait pas le lui dire. *Pas à elle !*

Il allait parler à Wallace : Wallace était bien la personne à qui parler, c'était lui *le responsable de la famille*, il était le père, le chef. Il saurait ce qu'il fallait faire. Son oncle devait être dans son bureau en train de travailler, comme il en avait annoncé son intention au cours du dîner.

Mark sortit dans le hall ; par la porte du bureau entrouverte, il vit Wallace, de dos, assis à sa table. Il se dirigea vers lui d'un pas lent, s'efforçant de mettre en ordre ses pensées.

Il passait devant une porte ouverte sur sa droite, quand un murmure sortit de l'obscurité : « Vas-y ! Va tout lui dire ! »

Il fit un bond de surprise, son cœur se mit à battre la chamade, sa gorge se noua : Henry s'avançait vers lui, un demi-sourire aux lèvres, avec cet air de défi qui ne l'avait pas quitté de tout le dîner et il proposait, à voix basse :

« Si on y allait tous les deux, pendant qu'on y est !

— Crève sur place ! » rétorqua Mark, lui aussi à mi-voix, en lançant des regards inquiets en direction du bureau où il voyait Wallace, toujours absorbé dans son travail et ignorant tout de ce qui se passait dans son dos.

« C'était Mark, papa », murmura Henry sur un ton innocent, faisant semblant de s'adresser à son père. « C'est lui qui m'a poussé. Moi, je pensais que c'était un jeu. Je n'avais pas la moindre idée de ce qu'il voulait faire. »

L'air effaré, Mark regarda son cousin sans rien dire : il disait mot pour mot ce que lui-même s'était préparé à avouer. D'un seul coup, il se représenta la scène : Henry et lui, tous les deux debout devant Wallace, chacun essayant de rejeter la responsabilité sur l'autre. Qui Wallace irait-il croire ? Henry peut-être. Peut-être aucun des deux. Mais une chose était sûre et certaine, c'est que Wallace ne donnerait sûrement pas l'avantage à Mark contre son fils.

« Papa, s'il te plaît, continuait de murmurer Henry sur un ton moqueur, ne sois pas dur avec lui. C'est pas sa faute s'il est à côté de ses pompes, c'est parce que sa petite man-man lui manque... »

Mark essaya de repousser Henry, mais celui-ci l'agrippa par le bras et se mit à le tirer vers le bureau, en prononçant d'une voix sifflante :

« Pourquoi tu résistes ? Allons-y ! »

Mark tenta de se dégager. Toute envie de parler à Wallace l'avait quitté, il voulait seulement s'enfuir le plus loin possible de ce type complètement dingue.

« Papa ! cria Henry dans tout le hall. Mark a quelque chose à te dire !

— Arrête ! » jeta Mark, essayant de repousser son cousin, qui tenait bon. Ce mec était complètement dingue ! Fou à lier !

Mark réussit à se libérer et fit demi-tour.

La porte du bureau s'ouvrit tout grand et les lumières de l'entrée s'allumèrent, Wallace sortit sur le seuil. Mark montait déjà l'escalier, prenant les marches deux à deux. Il s'arrêta pour écouter.

« Que se passe-t-il ? entendit-il Wallace demander à Henry. Qu'est-ce qu'il a, Mark ?

— Je ne sais pas, entendit-il son cousin répondre. Il est bizarre, depuis un bout de temps. Je vais voir si tout va bien. »

Mark se remit à monter l'escalier. Il ne savait pas quoi faire, il savait seulement qu'il devait faire quelque chose, ce n'était plus un jeu. Henry était fou. Pire, il agissait comme s'il cherchait sa perte, sa perte à lui, Mark !

Il atteignit le sommet des marches. Où aller, maintenant ?

La seule chose qui lui vint à l'esprit fut de se réfugier dans la chambre d'Henry puisque c'était aussi la sienne. Il entra et ferma bien la porte. Il alluma la lumière. Il fallait qu'il réfléchisse, qu'il trouve un moyen de se sortir de toute cette affaire. Il s'assit sur son lit, tournant le dos à la porte.

Quelques secondes plus tard, il entendit des pas dans le couloir, puis le craquement de la porte qui s'ouvrait.

« Ah, c'est là que tu te cachais ! »

Mark se crispa involontairement, Henry lui fichait les jetons. Il entendit encore quelques pas, suivis d'un grincement de ressorts, Henry avait dû se jeter sur son lit. Il se tourna un tout petit peu, juste ce qu'il fallait de manière à surveiller son cousin du coin de l'œil : allongé sur le dos, les mains sous la tête, Henry arborait un sourire de victoire.

« J'ai dit à papa que j'allais voir comment tu allais. Tu vas bien, mon petit Mark ? »

Menace et rire couvaient sous les mots, comme si Henry était sûr d'avoir gagné.

Mais ce n'était que ce round-là !

« Fiche-moi la paix ! grommela Mark. Laisse-moi !

— Que je te laisse ? reprit Henry sur un ton amusé. Cette chambre est *la mienne*, je te signale ! »

Ne fais pas attention à lui. Ignore-le, s'adjura Mark en lui-même. N'aie plus rien à voir avec lui. Attends seulement que ton père revienne et tu pourras te tirer de cet endroit pour toujours !

D'autres pas, plus légers ceux-là, se firent entendre.

« Vous savez quoi ? »

La voix de Connie !

Mark se tourna de tout son corps vers la porte. La petite fille se tenait sur le seuil.

« Quoi ? » lui jeta Henry violemment.

Elle fit un pas dans la chambre.

« Maman a dit que je pouvais me coucher tard, ce soir.

— Qu'est-ce que tu es en train de faire ? demanda Henry, se jetant à bas de son lit.

— Quoi ? » le questionna sa sœur.

Henry marcha sur Connie d'un air menaçant.

« Qu'est-ce que je t'ai dit à propos d'entrer dans ma chambre ?

— Mais tu n'es pas en train de travailler ! » répondit la petite fille.

Henry marcha sur elle, les mains en avant. Il avait mis ses doigts en pince de crabe et les referma violemment autour du cou de sa sœur.

« Aïe ! s'écria-t-elle. Tu me fais mal. Arrête ! »

Henry la tenait bien serrée et Connie se tortillait sous la douleur.

« S'il te plaît, Henry, arrête, tu me fais mal ! criait-elle.

— J'attends ta réponse ! répliqua son frère.

— Aïe. J'ai oublié !

— Bon, dit Henry, c'est moi qui vais répondre à ta place, alors. Tu n'es pas autorisée à entrer ici. Ni maintenant, ni jamais. Jamais, tu m'entends ! »

Mark, resté jusque-là sur son lit à regarder la scène, se leva à son tour, incapable de supporter davantage de voir Henry brutaliser sa sœur, lui faire mal.

Ce sale type s'en fichait complètement, qu'elle soit bien plus petite que lui. Ce n'était pas normal. C'était l'action d'un dingue !

Parce que Henry était dingue. C'était ça, la vérité !

Mais ça commençait à bien faire, Mark en avait marre de la perversité de son cousin !

« Tu as entendu... » continuait celui-ci.

Mais il ne put finir sa phrase. Mark lui avait passé le bras autour de la gorge et le tirait en arrière, loin de Connie, le ramenant près des lits. Henry grognait avec des borborygmes, tout en essayant de dégager son cou.

Mark le tira sur toute la longueur de la pièce et lui cogna violemment la tête contre le mur. Plongeant ses yeux dans ceux d'Henry, ronds de surprise, il l'avertit, incapable de contenir davantage sa fureur :

« Ça suffit maintenant ! Cette chambre est aussi à moi. Et moi, je dis que Connie peut rester. »

La stupeur d'Henry se mua en colère et ses lèvres, en même temps, esquissèrent leur étrange sourire de défi, ce sourire qui signifiait qu'il acceptait le combat. Il parvint à glisser lentement ses doigts sous ceux de Mark.

Celui-ci ne cherchait pas à étrangler Henry, il voulait seulement le plaquer au mur, le tenir le plus possible éloigné de sa sœur, il ne tenait donc plus son cousin très fort de sorte que celui-ci parvint lentement à glisser ses doigts sous les siens et à se libérer.

Dès qu'il avait senti sa prise faiblir, Mark avait attrapé des deux mains Henry par les cheveux. Henry fit de même et tira de toutes ses forces sur les cheveux de Mark. Les deux garçons se fixaient d'un air méchant. Têtes baissées, tels des béliers au combat, ils étaient soudés l'un à l'autre.

« Maman, maman ! » entendirent-ils Connie hurler en s'élançant hors de la chambre.

Mark avait l'impression qu'Henry allait lui arracher la tête, sa douleur était si forte, qu'elle lui faisait venir les larmes aux yeux. Mais il n'était pas prêt à lâcher pour autant ce dingue qui se prétendait son cousin. Leurs têtes tournèrent lentement, ils avaient tous les deux le visage rouge et crispé de douleur autant que de détermination.

« Alors, comme ça, tu aimes ma petite sœur ! » Les mots d'Henry avaient pris une intonation diabolique.

« Crève, sale con ! lui cracha Mark.

— Une si gentille petite fille, fit Henry d'une voix persiflante. Ce serait dommage qu'il lui arrive quelque chose... Qu'elle soit... blessée. Ça te ferait de la peine, hein, Mark ? »

Venant de n'importe qui, ces paroles n'auraient été que menace en l'air ; dites par Henry, elles annonçaient un péril bien réel. Pourquoi ce dingue en resterait-il à tuer des animaux et des inconnus ? S'il détestait partager ses affaires, pourquoi devrait-il en rester à son ballon de foot ou à sa veste ? Henry ne connaissait pas de limites. Il ferait tout ce qui lui passerait par la tête ! Mais tout en le sachant, Mark se refusait à y croire.

« Tu n'oserais pas faire ça ! fit-il.

— Les accidents arrivent, tu sais ! ricana Henry. Demande à ma mère, elle te dira pour Richard !

— T'es malade ! » souffla Mark.

« Henry ! Mark ! »

Effrayés par les cris de Susan, les garçons lâchèrent prise en même temps et instantanément Mark fut soulagé de ne plus sentir son cuir chevelu arraché. Ils se tournèrent vers la porte. Susan faisait un pas à l'intérieur de la pièce.

« Que se passe-t-il, Henry ? » s'exclama-t-elle.

Sous l'œil ébahi de Mark, ce tortionnaire vicieux se métamorphosa subitement en un charmant petit garçon tout sourires et bien incapable de faire du mal à une mouche. Tête basse, il faisait un pas en direction de sa mère et une impression de regret innocent semblait émaner de tout son être.

« Excuse-nous, maman, on s'amusait seulement à des jeux imbéciles. »

Il lança un regard à Mark pour lui signifier de soutenir ses dires.

« Ça ne m'avait pas du tout l'air d'un jeu, répliqua Susan. Ça m'avait tout l'air d'une bagarre.

— Oh, ça en avait peut-être l'air, mais ce n'était qu'un jeu, hein, Mark ? »

Mark sentit le regard de sa tante se poser sur lui. Il aurait tellement voulu lui dire la vérité, mais persuadé qu'elle ne le croirait jamais, il marmonna seulement d'une voix très basse :

« Ouais, on jouait. »

Henry eut un sourire, ce sourire que Mark haïssait, mais qui sembla rassurer complètement sa mère.

« Bon, dit-elle, mais ne jouez plus aussi violemment. J'ai bien cru que vous étiez en train de vous entre-tuer ! »

Elle fit demi-tour et quitta la pièce. Henry tourna vers Mark son odieux sourire de triomphe et Mark lui rendit un regard chargé de colère et de crainte. Il n'avait pas oublié ce qu'Henry avait dit.

« Si jamais tu touches à Connie... » fit-il.

Henry se contenta de sourire et quitta la pièce.

Il faisait nuit quand Mark entendit Henry rentrer dans la chambre. Il resta immobile dans son lit à écouter son cousin, surveillant ses déplacements dans la pièce toute noire et guettant ses moindres gestes, en se demandant s'il n'allait pas entreprendre quelque chose contre lui.

Mais Henry resta de son côté de la chambre. Il se mit en pyjama et se glissa dans son lit sans un mot.

Cela ne veut pas dire qu'il va y rester, se disait Mark. Il peut aussi bien attendre le milieu de la nuit, que je me sois endormi, pour me faire mon affaire !

Se demandant s'il arriverait à garder l'œil ouvert, Mark se mit à fixer le plafond.

Il ne comprenait rien. Il ne comprenait pas comment Henry pouvait être comme ça. Il aurait dû être heureux d'avoir une mère en bonne santé et un père qui passait la plupart de son temps à la maison. Pourquoi était-il cruel et mesquin ? Pourquoi prenait-il plaisir à faire souffrir les autres ?

Car c'était cela qui troublait le plus Mark. Pourquoi Henry était-il comme cela ? Comment cela se faisait-il ?

QUINZE

Des rayons de soleil filtraient à travers le rideau, quand Mark ouvrit les yeux le lendemain matin. Il était resté longtemps éveillé la nuit précédente, mais apparemment, il avait fini par sombrer dans le sommeil. La pensée qu'il s'était retrouvé endormi sans défense, dans la même chambre que son cousin, l'épouvanta. Il regarda immédiatement le lit d'Henry et vit qu'il était vide. Il sentit croître son appréhension.

Il se leva et gagna la fenêtre. Une lumière aveuglante le força à plisser les yeux : la neige tombée durant la nuit, étincelante sous le soleil, recouvrait d'une couche épaisse chaque centimètre du sol, la plus petite branche d'arbre et le moindre rameau de buisson ! Le spectacle lui fit un moment oublier ses angoisses, c'était la première fois qu'il voyait de la neige en telle quantité ; il n'eut plus qu'un désir : aller sauter dedans et faire tout ce dont il avait entendu parler, mais n'avait jamais eu l'occasion de faire lui-même jusque-là, comme un bonhomme de neige ou une bataille de boules de neige.

Puis son regard glissa à nouveau sur le lit d'Henry, vide et laissé en désordre, et la crainte le reprit.

Non, il ne pouvait pas jouer aujourd'hui. Il avait une chose beaucoup plus importante à faire. Pourvu seulement qu'il ne soit pas déjà trop tard.

Il s'habilla à toute vitesse et se précipita au rez-de-chaussée. L'atmosphère de la maison lui parut particulièrement chaude ce jour-là, plus claire et vivante que d'ordinaire et il eut la sensation qu'Henry était sorti. En effet, lorsque son cousin était là, la maison, bizarrement, lui semblait toute sombre. Mais peut-être cette impression était-elle seulement le fruit de son imagination.

Il trouva Susan à la cuisine, en train de faire la vaisselle. Le petit déjeuner avait l'air d'être fini.

« Où est Connie ? » demanda Mark.

Susan se retourna et lui lança un regard étonné.

« Elle était là il y a une seconde. Pourquoi ?

— Elle n'est pas sortie, j'espère ?

— Non, je ne crois pas. Il y a un problème ?

— Non, non, je me posais juste la question », s'empressa-t-il d'ajouter, réalisant qu'il avait sans doute manqué un peu de subtilité.

Il bâilla et Susan prit une mine inquiète.

« Tu m'as l'air fatigué, toi ! »

Mark répondit par un léger haussement d'épaules.

« Tu as faim ? » demanda Susan.

Il acquiesça et regarda tout autour.

« Tu n'as pas vu Henry ? interrogea-t-il.

— Il est parti il y a une heure environ, dit Susan. Encore une de ses missions secrètes. Alors, qu'est-ce que tu prendras pour le petit déjeuner ?

— Ce que tu veux », répondit-il, en allant jeter un coup d'œil dans le salon pour s'assurer que Connie ne s'y trouvait pas. Mais la pièce était vide.

« Tu cherches quelque chose ?

— Non, pas vraiment », fit-il en revenant près de la table.

Si Connie était sortie, il aurait dû entendre claquer la porte d'entrée.

« Si je te faisais des œufs brouillés et des toasts ?

— Ce sera parfait. »

Il s'assit, posant juste une fesse sur la chaise ; il se sentait sur des charbons ardents.

Et si Connie était dehors et Henry planqué en embuscade,

à l'attendre ? D'après ce que son cousin avait laissé entendre hier, Mark était convaincu qu'il y avait tout lieu de craindre pour la sûreté de la petite fille ! Ce n'était pas des paroles en l'air dites par n'importe qui. C'était des menaces et surtout, c'était Henry qui les avait proférées : elles méritaient d'être prises au sérieux !

Les battants de la cuisine s'ouvrirent tout grands. Connie fit son apparition, vêtue d'une combinaison de ski rose, chaussée de bottes blanches et gantée de moufles assorties.

« Oh, tu t'es habillée toute seule ! » s'extasia Susan.

Connie hocha la tête, rougissant de plaisir.

« Tu es en train de devenir ma grande petite fille à moi !

— Je peux sortir jouer dehors ? demanda Connie.

— Bien sûr que tu peux, ma chérie ! »

Elle fit demi-tour pour s'en aller.

« Hé, attends ! » s'écria Mark.

Elle s'arrêta.

« Tu ne voudrais pas jouer avec moi ? lui proposa-t-il.

— Heu, oui, dit Connie avec un sourire timide. Tu me retrouveras sur le terrain de jeux.

— Non ! répondit Mark très vite et Connie se renfrogna.

— Qu'est-ce qu'il y a, Mark ? » intervint Susan, élevant la voix pour couvrir le grésillement des œufs dans la poêle.

« Je me demandais seulement si Connie ne pourrait pas plutôt m'attendre ici, c'est tout, répondit-il.

— Tu ne peux pas aller la rejoindre au terrain de jeux ? Pourquoi donc ? »

Il réfléchit à toute vitesse.

« C'est que je ne sais pas très bien comment y aller.

— C'est très simple, lui expliqua Connie. Tu descends le chemin, tu tournes à gauche sur la route et tu y es.

— Je préférerais quand même y aller avec toi, insista Mark. Je n'en ai pas pour longtemps. Je finis mon petit déjeuner, je mets mes bottes et mon anorak, et j'y suis ! »

Susan lui lança de nouveau un regard intrigué et s'adressa à sa fille.

« Tu veux bien l'attendre ?

— Je commence à avoir chaud, moi !

— Eh bien, va jouer dehors en attendant qu'il soit prêt ! lui conseilla sa mère.

— D'ac ! Je t'attends dehors ! dit-elle, dédiant à Mark son plus chaleureux sourire.

— Super ! » dit Mark en faisant un signe de la main, tandis que la petite fille sortait.

Il espérait que la scène n'avait pas paru trop étrange à sa tante et il lui jeta un bref coup d'œil. Mais celle-ci, la tête légèrement penchée de côté, avait plutôt un air perplexe.

« Qu'est-ce qui se passe, Mark ? lui demanda-t-elle.

— Rien du tout, je te jure, je trouve simplement que j'ai passé beaucoup de temps avec Henry et que j'ai laissé un peu tomber Connie. Je me suis dit que ça lui ferait plaisir que je joue aussi avec elle, c'est tout ! »

Susan se rasséréna.

« C'est vraiment gentil de ta part », répondit-elle, avec un sourire.

Le petit déjeuner fini, Mark mit son anorak et ses bottes et sortit retrouver sa cousine. Allongée dans la neige, celle-ci faisait le petit ange, et Mark marcha vers elle, émerveillé de sentir son pied s'enfoncer de vingt centimètres à chaque pas.

« T'es prêt ? lui demanda Connie en se relevant.

— Ouais ! »

Ils descendirent le chemin et tournèrent sur la route. Elle avait été déblayée et la neige, repoussée de chaque côté, formait un talus qui mangeait une partie de la chaussée, de sorte que deux voitures se croisaient difficilement et qu'il ne restait aucune place pour les piétons.

« Qu'est-ce qu'on fait si une voiture arrive ? demanda Mark.

— On fait comme ça ! dit Connie en escaladant le talus à toute allure.

— Compris ! » répondit-il en souriant.

Ils arrivèrent au terrain de jeux. Mark n'avait pas imaginé qu'un terrain couvert de neige pouvait plaire aux enfants et il fut surpris de les voir si nombreux à se lancer des boules de neige, à faire de la balançoire ou à grimper aux barres. Il scruta les alentours : pas le moindre signe d'Henry à l'horizon.

Connie passa la matinée sur le terrain de jeux. Plusieurs de ses amis y vinrent aussi et leurs rires s'élevèrent dans l'air ensoleillé de l'hiver. Le jeu en vogue parmi les petits consistait à faire un bonhomme de neige près des balançoires, et ensuite à se balancer assez haut pour le décapiter d'un coup de pied.

Assis sur un banc au soleil, à proximité du terrain, Mark prenait sa garde très au sérieux. Ses yeux le piquaient, comme si des milliers de grains de sable s'étaient fourrés sous ses paupières, il bâillait et aurait volontiers fait un petit somme, mais après les menaces proférées par Henry, il s'interdisait, quelle que fût sa fatigue, de quitter la petite fille des yeux. Il était tellement absorbé par sa surveillance qu'il ne remarqua Alice Davenport que lorsque celle-ci fut pratiquement devant lui, vêtue d'une parka bleu marine et les oreilles protégées par un serre-tête de laine blanc.

« Bonjour, Mark ! »

Il leva les yeux. Il se rappela soudain que lors de son rendez-vous, il avait accepté de retourner la voir.

« Susan m'a dit que je pourrais te trouver ici, dit Alice. J'imagine que tu as oublié notre rendez-vous. »

Mark détourna la tête, éberlué qu'elle soit venue le relancer jusqu'ici. Qu'est-ce qu'elle veut ? pensa-t-il. Tenir séance ici, en plein milieu du terrain de jeux ?

« Tu avais oublié ? » demandait Alice.

C'était vrai, d'une certaine manière, qu'il avait oublié son rendez-vous avec elle. Mais il avait toutes les raisons du monde et l'une d'elles était qu'il trouvait beaucoup plus important de protéger Connie que de parler avec une psychothérapeute. Mais il y avait aussi une autre raison.

« Peut-être que c'est parce que je n'avais pas envie de vous parler, dit-il.

— Je peux m'asseoir ? » lui demanda Alice.

Il lui jeta un regard, surpris de son insistance. Il n'avait

137

pas envie qu'elle vienne se mettre à côté de lui, mais n'osa pas le lui dire, de crainte d'être mal élevé.

Alice épousseta un peu la neige et s'assit. Mark se mit à fixer le terrain de jeux, sachant pertinemment qu'Alice le regardait.

« Ça aide, de parler. Ça t'a aidé, la dernière fois, n'est-ce pas ? »

La dernière fois !

Comme c'était loin ! Que de choses s'étaient passées depuis ! Il avait ravalé tout au fond de lui tant d'autres secrets dont il ne voulait pas parler !

Mais peut-être, justement, fallait-il qu'il les exprime ?

Il se décida et commença, se tournant vers Alice :

« Vous êtes docteur. Vous savez plein de choses...

— Je ne sais pas tout, fit-elle. Je ne sais pas faire d'opération sur le cerveau, par exemple.

— Oui, mais vous connaissez les gens, répliqua Mark.

— Disons que c'est le domaine qui m'est le plus familier, s'autorisa-t-elle à reconnaître.

— Qu'est-ce qui, d'après vous, rend les gens mauvais ? » lui demanda Mark.

Elle eut tout d'abord l'air dérouté par la question, puis elle demanda d'une voix pleine de perplexité :

« Qu'est-ce que tu veux dire par "mauvais" ?

— Je veux dire, quelqu'un qui est méchant, dit Mark. Qui fait des choses exprès, rien que pour faire souffrir les autres. Méchant, quoi !

— Je ne perds pas mon temps à étudier ce mot. »

La réponse de la psychothérapeute laissa Mark pantois.

« Qu'est-ce que vous voulez dire ? fit-il.

— Je pense que c'est un terme que les gens emploient quand ils cessent de se donner du mal pour comprendre les autres, expliqua-t-elle. Toute chose a sa raison d'être, Mark, et le comportement des gens ne fait pas exception à la règle. Malheureusement, la raison peut parfois être difficile à découvrir.

— Et s'il n'y a pas de raison ? reprit Mark. Si c'est comme ça, tout simplement ?

— Il me semble que si une chose est comme ça, tout simplement, c'est qu'elle a toujours existé, dit Alice. Tu vois la différence ? Si une chose arrive, alors, elle a une cause. Mais si elle ne fait qu'exister, alors c'est qu'elle existe depuis le tout début. Maintenant, Mark, à mon tour de te poser une question. Crois-tu que quelqu'un puisse naître méchant ? »

A priori, il ne pensait pas que cela soit possible, mais il n'en était pas tout à fait sûr, car il lui semblait, d'un autre côté, tout à fait impossible qu'Henry fût devenu méchant à cause de quelque chose que lui auraient fait Wallace ou Susan.

Il finit par secouer la tête. Alice se remit à l'observer.

« J'ai une autre question, ajouta-t-elle. Penses-tu que tu es méchant ? Parce que tu as laissé mourir ta mère ? »

Mark soupira. Il regarda les enfants en train de jouer à chat dans la neige, des enfants qui n'étaient pas méchants, eux ! Ne sachant pas comment faire comprendre à Alice que ce n'était pas de lui qu'il parlait, il garda le silence.

« Ce n'est pas vrai, poursuivit Alice gentiment. Tu n'as pas laissé ta mère mourir et tu n'es pas méchant.

— D'accord, dit Mark, mais c'est pas ça dont je parle. Écoutez-moi juste une seconde. Prenons un garçon...

— Un garçon de ton âge ? » le questionna Alice.

Il hocha la tête.

« Admettons qu'il fasse des choses horribles... et que la seule raison pour laquelle il les fait, c'est parce qu'il *prend plaisir* à les faire. Vous ne diriez pas qu'il est méchant, qu'il est... le mal ? »

Alice regarda le ciel pur quelques instants, puis secoua la tête.

« Non, Mark, je suis désolée. Je ne crois pas au mal. »

Voyant qu'Alice ne comprenait pas un mot de ce qu'il disait, le garçon perdit patience.

« Vous ne croyez pas au mal ? »

Alice secoua de nouveau la tête.

« Eh bien, vous avez tort ! » riposta-t-il.

Et avant qu'elle n'ait eu le temps de lui répondre, il s'était élancé vers Connie.

« Hé, Connie ! cria-t-il. C'est l'heure du déjeuner. Viens, on s'en va ! »

Tout en attendant la petite fille, il regardait Alice du coin de l'œil. Restée sur le banc, la psychologue l'observait, d'un air préoccupé.

Le téléphone sonnait. Henry s'arrêta dans l'entrée et décrocha.

« Allô ? »

Pendant un moment il n'entendit rien, si ce n'est des grésillements sur la ligne. Puis une voix lointaine dit :

« Allô, Wallace ?

— C'est Henry », répondit-il, surpris qu'on le prenne pour son père. L'appel devait venir de loin, ou bien c'était quelqu'un qui ne devait pas très bien connaître la famille.

« C'est Jack. J'appelle de Tokyo.

— Oh, bonjour, oncle Jack ! » Il fit vite des yeux le tour du hall, pour s'assurer qu'il y était bien seul.

« Comment va tout le monde ? demanda Jack.

— Très bien, et vous ?

— Fatigué, mais sinon tout va bien. J'ai travaillé comme un forcené toute la semaine. Je voulais vous dire bonjour à tous. Mark est là ? »

Henry n'avait pas la moindre idée de l'endroit où était son cousin, il s'était demandé toute la matinée s'il était avec Connie et ce qu'ils pouvaient faire tous les deux. Il les aperçut soudain par la fenêtre, tout au bout du chemin, et prit une voix suave pour répondre :

« Non, il n'est pas là pour le moment, oncle Jack.

— Oh zut. Tu sais où il est ?

— Désolé, je n'en ai pas la moindre idée », répondit-il, tout en regardant les enfants monter le chemin.

« Tant pis. Sinon, comment ça va ? Vous vous amusez bien ensemble ?

— Ouais ! Énormément !

— Voilà qui me fait bien plaisir à entendre ! dit Jack. Alors, tu crois que Mark est heureux chez vous ?

— Oh oui ! » répliqua Henry, alors que Mark et Connie étaient maintenant tout près de la maison. « Je crois qu'il est très content parmi nous. Et nous sommes très contents de l'avoir avec nous.

— Bon, eh bien, sois gentil de lui dire que j'ai appelé, d'accord ? dit Jack Et transmets toutes mes amitiés à tes parents.

— Bien sûr, oncle Jack, répondit Henry. Allez, au revoir !
— Au revoir. »

Henry raccrocha juste au moment où Mark et Connie, les joues toutes rouges de froid, ouvraient la porte. Il resta dans le hall à les observer tandis qu'ils tapaient leurs chaussures sur le sol pour faire tomber la neige.

Mark s'immobilisa en voyant Henry et se mit à le fixer aussi. Il attendait que son cousin dise quelque chose, mais celui-ci garda le silence. Mark se tourna alors vers Connie pour l'aider à retirer sa combinaison de ski.

Quand il releva la tête, son cousin s'était éclipsé.

— On est à présent, Henry, nous que nous ne serons
jamais maintenant tout près de la maison, elle était gris foncé
très content maintenant. Et nous sommes maintenant de
s'avoir aussi aimés.

— Bon, en chose, sors ce truc de ton char, et ne te
q'accord ? du Jack, il marmotta tirant très, muflée à en
ruynon.

— Bien sûr, dit Jack, reprenant Henry. Allez, ton copain !
— Au revoir.

Henry les regarda pour sa promeni du Mark sa Connie les
bras appuyés contre de truck, regardant la route. Il était dans
le hall et se dit : ils y avaient été la qu'ils en pen signarem
prendrait pour faire tomber le respect.

Mark n'immobilisa. En voyant Henry, et se mit à le tirer
entier. Il attendait que son cousin dise quelque chose, mais
celui-ci garda le silence. Mark se tourna alors vers Connie,
pour lui lancer à regret sa capacité de sa :

— Quand il en a à tes, son ensuite étant retour.

SEIZE

Mark ne revit Henry qu'à l'heure du déjeuner, lorsque la famille tout entière se retrouva autour de la grande table de la salle à manger devant un délicieux plat de viande froide accompagnée d'une salade de pommes de terre et de chou cru à la mayonnaise. Ne voulant plus avoir aucun rapport avec son cousin, il s'assit le plus loin possible de lui.

« Alors, lança Henry à l'adresse de ses parents, vous sortez dîner, ce soir ?

— Oui, répondit Wallace. Vous saurez vous garder tout seuls, sans faire trop de bêtises ?

— Bien sûr, papa ! répliqua Henry, enchanté de la perspective.

— Chic ! renchérit Connie. Qu'est-ce qu'on va s'amuser ! »

Quant à Mark, persuadé qu'Henry allait en profiter pour faire un mauvais coup, il fut terrifié à l'idée de se retrouver seul avec ses cousins dans cette grande maison.

« Je pourrai regarder le "Théâtre des Monstres" à la télé ? demanda Connie, tout excitée.

— Non ! dit Wallace.

— Pourquoi ? rechigna la petite fille.

— Parce que ça pourrait déranger ta petite cervelle impressionnable ! » intervint Henry.

Empêcher Connie de regarder une émission, alors qu'elle vit sous le même toit qu'un monstre, c'est à crever de rire ! pensait Mark, l'estomac noué.

Mais déjà Connie s'insurgeait contre son frère :

« C'est pas à toi de décider, d'abord. T'es pas le chef, ici !

— Un peu, que je suis le chef... vermine ! » riposta Henry, le visage crispé de colère.

Susan, les yeux ronds de surprise, s'interposa :

« Ça suffit, Henry !

— C'est quoi, une vermine ? interrogea Connie.

— Ce n'est rien, répondit Wallace. C'est quelque chose que ton frère n'aurait jamais dû dire !

— Et qu'il n'est pas près de répéter ! » renchérit Susan, fixant son fils droit dans les yeux.

Mark, qui observait Henry, le vit cligner fort des paupières et prendre en un clin d'œil l'air d'un petit garçon délicieux et tout sourires :

« Oh, papa, maman, vous savez quoi ? Mark dit qu'il aimerait bien prendre la chambre de Richard. »

Mark, qui n'ignorait pas que la chambre de Richard était une source de conflit entre son oncle et sa tante, resta interloqué en entendant cette affirmation, d'autant qu'il n'avait jamais rien dit de tel.

« Ce n'est pas une mauvaise idée ! » s'empressa de dire Wallace.

Aussitôt, Susan se tendit.

« Chéri, je crois que nous avons déjà discuté de ce problème.

— Mark a l'air de bien l'aimer », ajouta Henry, prenant un malin plaisir à mettre de l'huile sur le feu.

« Mais je n'ai jamais dit ça ! se disculpa Mark d'une voix plaintive, et je n'ai pas du tout envie de prendre cette chambre !

— Oh, allez, Mark, fit Henry avec un clin d'œil goguenard. Ne mens pas, va ! »

Sidéré de la machination d'Henry, Mark était incapable de prononcer un mot.

« Je trouve que ça mérite réflexion, disait Wallace. On ne va pas éternellement conserver cette chambre en l'état. Elle prend des allures de musée et ce n'est pas bon pour les enfants. »

Voyant Susan serrer les doigts de toutes ses forces autour de sa serviette, Mark comprit qu'elle ne se contrôlait plus qu'à grand-peine. La discussion risquait fort de dégénérer en dispute et Mark fut définitivement convaincu que c'était exactement ce qu'avait espéré son cousin.

« D'abord, je n'ai jamais prétendu que cette chambre devait rester éternellement en l'état », répliquait Susan, se penchant par-dessus la table pour s'adresser à Wallace. « J'ai dit que je la transformerais quand je me sentirais prête à le faire. Et toi », dit-elle, se tournant vers son neveu, « tu n'as qu'à prendre la chambre du dernier étage. Elle est très jolie aussi. »

Navré de causer, même involontairement, de la peine à sa tante, Mark se sentait abominablement gêné. Il en avait assez, des mensonges de son cousin !

« Ce n'est pas vrai, protesta-t-il. Je n'ai jamais dit que je voulais m'installer dans la chambre de Richard. C'est Henry qui vient d'inventer ça ! »

Mais c'était peine perdue. Tout le monde parlait à la fois, sans écouter ce qu'il disait.

« Écoute-moi, ma chérie, insistait Wallace. Cette chambre a besoin d'être habitée, ça simplifierait les choses que Mark la prenne. Comprends-moi bien, je ne dis pas que tu doives te défaire des jouets et des affaires que tu y gardes !

— Cessons cette discussion ! disait Susan, au bord des larmes, à bout d'arguments.

— Je sais bien que tu ne veux pas en discuter, s'obstinait Wallace. Mais je trouve que nous avons assez fait l'autruche. Il est temps de regarder les choses en face ! »

Susan se leva si brutalement que sa chaise racla le plancher.

« Mais justement, je les regarde en face, les choses ! » s'écria-t-elle, tremblante et faisant de son mieux pour contenir ses larmes. « Tous les jours que Dieu fait ! C'est toi qui les oublies ! »

Mark regardait Henry : celui-ci suivait chaque détail de la scène, comme s'il était au spectacle, et ricanait, le visage à moitié caché dans une main. « Il y prend un *véritable plaisir* », se dit Mark, outré. Mais personne, sauf lui, ne semblait s'en apercevoir. Il eut envie de bondir sur ses pieds et de montrer du doigt Henry en hurlant : « *Regardez-le ! C'est lui qui a manigancé tout ça et qui envenime la situation !* » Mais il se retint, sachant pertinemment que personne ne le croirait.

Susan était maintenant en train de quitter la pièce et Wallace se leva à demi de son siège.

« Ne pars pas comme ça, Susan, la pria-t-il, reste, s'il te plaît ! »

Mais elle était déjà sortie. On entendit ses pas rapides dans l'escalier. Il était clair qu'elle ne reviendrait pas à table.

« Mon Dieu ! » marmonna Wallace, la tête dans les mains.

Dans le silence de la salle à manger, les pas de Susan résonnaient nettement au-dessus des têtes et l'on pouvait deviner le trajet qu'elle suivait. Mark leva les yeux au plafond : Susan était arrivée au premier étage et prenait le couloir. Wallace leva la tête à son tour. Les pas s'arrêtèrent, il fut clair pour tout le monde que Susan s'était réfugiée dans la chambre de Richard.

Des yeux, Mark fit le tour de la table : Wallace était triste, Henry avait réussi à se donner un air affligé, seule Connie semblait ne rien comprendre à ce qui s'était passé.

« Papa ? demanda-t-elle.

— Quoi, ma chérie ? répondit-il, se tournant vers elle.

— C'est quoi, une vermine ? »

Que cette petite Connie était donc innocente ! se dit Mark, le cœur serré. Il reporta vite son regard sur Henry, curieux de voir la réaction qu'affichait son cousin. Comme il s'y attendait, celui-ci s'était couvert la bouche de la main et Mark fut convaincu que c'était pour cacher sa jubilation.

Susan fit quelques pas à l'intérieur de la chambre de Richard. Une larme roulait sur sa joue. Ne pouvoir partager ses sentiments avec Wallace était une des choses qui la peinaient le plus. Son mari ne comprenait pas sa manière de sentir, et il ne la comprendrait sans doute jamais. Elle savait cela depuis longtemps, mais il lui était difficile de l'accepter.

D'accepter le fait que Wallace et elle étaient deux personnes bien distinctes, qui souffraient tout autant de la disparition de Richard, mais qui réagissaient différemment et surmontaient leur chagrin, chacune à sa façon.

Elle s'assit sur le lit et laissa errer son regard tout autour de la pièce. Elle aperçut sur la table de nuit un petit miroir dans un cadre de Donald. C'est Wallace qui l'avait offert à Richard pour ses deux ans. Elle le prit et y plongea les yeux.

Elle tressaillit soudain, découvrant dans le miroir le reflet d'Henry, debout dans la porte, et qui arborait un sourire des plus étranges. Méprisant, presque. Et presque affecté. Henry qui ne se savait pas observé, cela, elle aurait pu le jurer !

Elle se retourna d'un bloc. La rapidité de son mouvement surprit son fils, elle saisit sur son visage une brève expression interloquée, mais Henry prit si vite un air de profonde sympathie qu'elle supposa avoir mal interprété le sourire aperçu dans la glace.

Henry vint se mettre près d'elle et lui passa le bras autour des épaules.

« Ne pleure pas, maman ! »

Comme il est gentil, pensa-t-elle, tendre, attentionné. Plus que Wallace, même, parfois.

Susan se disait souvent que c'était trop beau pour être vrai. Mais ce jour-là, elle se réjouit qu'il en fût ainsi. Elle prit la main de son fils et la pressa contre sa joue humide.

« Merci, Henry ! Merci d'être compréhensif », murmura-t-elle.

Mark passa la majeure partie de l'après-midi à jouer avec Connie, ou du moins à garder l'œil sur elle. Henry allait et venait, mais les garçons ne s'adressèrent pas la parole. A mesure que les heures passaient, Mark sentait croître sa crainte et redoutait la soirée à venir.

Lorsque le soleil se coucha, les enfants prirent un dîner rapide dans la cuisine. Connie raconta sa journée dans la neige et Mark garda le silence, tandis qu'Henry lui adressait des sourires sarcastiques, l'air de dire : "*Attends un peu ce soir, quand les parents se seront tirés !*"

Le dîner avalé, Mark prétexta qu'il voulait lire et s'installa sur le palier du premier étage, à quelques mètres de Connie qui jouait à la poupée dans sa chambre. Il voulait aussi surveiller le départ des parents. Il tendait donc l'oreille pour saisir le bruit des chaussures de cuir de Wallace sur le parquet de l'entrée et guetter les claquements de talons hauts en provenance de la cuisine. Il entendit Wallace demander à Susan si elle était prête.

« Une minute ! » répondit sa tante, et le claquement de ses talons s'accéléra.

Grâce aux sons qui montaient jusqu'à lui, Mark pouvait suivre les déplacements de Susan au rez-de-chaussée. Il sut ainsi qu'elle avait fini par rejoindre Wallace dans l'entrée.

« Que tu es en beauté ! entendit-il son oncle s'exclamer.

— Oh, Wallace ! » lui répondit Susan, avec un petit rire.

"Ils sont sur le point de sortir !" se dit Mark, sautant d'un bond sur ses pieds, et il se précipita dans l'escalier. Wallace était en train d'aider Susan à mettre son manteau.

« Salut ! leur dit-il en arrivant en bas.

— Salut, Mark ! lui répondit Susan. J'ai laissé la lumière allumée dans la cuisine, au cas où vous auriez envie de grignoter quelque chose. Il y a plein de petits biscuits.

— Merci », fit Mark.

Il restait à traînasser et Wallace lui jeta un regard curieux.

« Il faut vraiment que vous sortiez ? » demanda Mark subitement, laissant s'exprimer la crainte qu'il avait contenue toute la journée.

« Désolé, Mark. Ce soir, c'est moi qui fais la cour à Susan, et je ne la partage avec personne », lui dit Wallace.

Il se tourna alors vers sa tante, maladroitement, et celle-ci lui demanda, percevant sa gêne :

« Quelque chose ne va pas ? »

Mark se tenait devant eux, l'air embarrassé, haussant une épaule, la tête légèrement penchée de côté, et Wallace regarda sa montre ostensiblement :

« Je suis désolé de vous dire que si nous ne partons pas tout de suite, nous allons perdre nos réservations, fit-il, avec une certaine impatience dans la voix.

— Ça peut attendre jusqu'à demain ? » demanda Susan.

Mark se rembrunit, mais ne put faire autrement qu'acquiescer. D'une part, il ne voulait pas gâcher la soirée de son oncle et de sa tante ; d'autre part, il ne voyait pas du tout comment s'y prendre pour leur faire admettre qu'il craignait qu'Henry ne s'en prenne à sa sœur. Susan et Wallace n'avaient aucune raison de le croire !

« Bon, ajouta Susan. Henry et toi êtes responsables de la maison. D'accord ? J'ai laissé le numéro du restaurant à côté du téléphone. Connie éteint ses lumières à huit heures et demie. Henry sait ce qu'il faut faire. »

"Tu parles !" pensa Mark.

Wallace tenait la porte ouverte et Mark sentit l'air froid entrer dans la maison. Les parents sortirent sur la véranda. Le garçon resta un moment à les regarder, espérant follement qu'ils annuleraient leur sortie au dernier moment. Susan perçut sans doute à nouveau son malaise, car elle se retourna et lui lança un regard interrogateur.

« Bon... Amusez-vous bien ! » dit Mark en agitant la main.

Elle lui rendit son au revoir et descendit le perron, suivant Wallace jusqu'à la voiture.

Debout dans l'entrée, Mark se retrouvait seul, entre une petite fille de six ans, toute mignonne et innocente, et son frère, qui incarnait le mal.

Les enfants regardèrent un moment la télévision dans le salon. Mark surveillait Henry, lui jetant sans cesse des coups d'œil, et celui-ci, semblant deviner ses craintes, s'ingéniait à accroître son anxiété en lui retournant des regards sardoniques. Mark tentait péniblement de ne pas se laisser abattre.

Pendant l'émission, Henry s'absenta un certain temps dans la cuisine. Cet acte était peut-être innocent, mais Mark préféra considérer tous les dangers susceptibles d'en découler et, aussitôt l'émission terminée, il prétendit avoir soif et se rendit à son tour à la cuisine. Les couteaux avaient tous l'air en place, aucune nourriture ne semblait avoir été mélangée avec du poison et laissée sortie exprès pour qu'on la mange. Par précaution, il recopia le numéro de téléphone du restaurant et le mit dans sa poche.

A son retour, le salon était vide et la télévision éteinte.

« Connie ! appela-t-il.

— Je suis en haut ! » répondit-elle.

Il alla au pied de l'escalier et les vit au premier étage. L'un à côté de l'autre, Connie et Henry se penchaient vers lui.

« Devine à quoi on va jouer ? s'écria Connie, tout excitée. A cache-cache ! Et c'est moi la première que je me cache ! »

Une partie de cache-cache ! Mark envisagea sur-le-champ les mille et un dangers auxquels Connie risquait de succomber.

« Non, attends, s'exclama-t-il. J'ai une meilleure idée ! »

Mais il était trop tard ! Connie s'élançait déjà vers le dernier étage, tandis qu'Henry descendait vers lui, un grand sourire aux lèvres.

« Tu crois que tu la trouveras avant moi ? »

Et comment ! se dit Mark, bien décidé à faire de son mieux pour y parvenir.

Il prit l'escalier quatre à quatre, bousculant Henry sur son passage. Arrivé au palier du second étage, il enfila le couloir, vérifiant toutes les chambres sur son passage.

« Connie ! hurlait-il. Dis-moi où tu es ! J'ai une idée qui va bien plus te plaire ! »

Il était au milieu du couloir quand les lumières s'éteignirent toutes en même temps. La maison entière fut plongée dans le noir et Mark se retrouva seul dans l'obscurité.

DIX-SEPT

Mark passa ses mains sur le mur à la recherche d'un interrupteur. Il finit par en trouver un et le fit fonctionner. Rien ne s'alluma.

Par une fenêtre il vit les lampadaires de la route allumés et les maisons du voisinage éclairées, elles aussi : ce n'était donc pas une coupure de courant dans le secteur.

« Connie ! appela-t-il dans l'obscurité qui l'entourait.

— Trouve-moi ! » répondit une voix qui semblait venir du deuxième étage.

Il avançait vers l'escalier quand il entendit le parquet craquer. Se détachant sur un petit carré de lumière qui venait du dehors, il reconnut la silhouette furtive d'Henry qui se déplaçait rapidement vers l'étage supérieur, à pas de loup. Pourvu qu'il ne découvre pas Connie le premier ! se dit-il.

Faisant traîner sa main le long du mur pour assurer sa marche, il monta jusqu'au second étage et s'arrêta sur le palier. Ici, une lumière ténue qui filtrait par les fenêtres, permettait de deviner le couloir, ou plutôt une rangée de portes fermées. Il n'y avait pas trace de Connie ou d'Henry.

En revanche, des ombres se mouvaient... affreuses... terrifiantes... haïssables...

Au bout d'un moment, il crut distinguer qu'une des portes n'était qu'entrebâillée. Il s'en approcha le plus vite qu'il le put et l'ouvrit d'un seul coup. Les rideaux devaient être tirés car la pièce était, pour ainsi dire, totalement noire.

« Connie ? » appela-t-il tout bas, d'une voix angoissée.

Il eut l'impression d'entendre une respiration et, tout doucement, fit un pas à l'intérieur.

« Connie ! murmura-t-il à nouveau. Tu es là ? »

Subitement, une lumière aveuglante fut braquée en plein dans ses yeux. Poussant un cri de frayeur, il recula en vacillant et se heurta durement au chambranle de la porte. Le pinceau de lumière s'inversa, illuminant le visage hilare d'Henry.

« Oh, désolé, Mark ! »

Puis, Henry éclaira le mur et s'enfuit de la pièce en courant.

« Où tu vas ? » s'écria Mark, s'élançant à sa suite.

Henry stoppa brusquement dans le couloir et dirigea le faisceau sur son cousin.

« A ton avis ? »

Tant qu'il avait une torche, Henry avait un avantage certain sur lui, Mark ne se le cachait pas. Mais ne voulant pas montrer sa frayeur, il dit simplement :

« C'est pas juste que tu aies une lumière et pas moi !

— Pas juste ? ricana Henry. Qu'est-ce que tu crois qu'on fait, là ? Un jeu ? »

La torche s'éteignit et le couloir ne fut plus qu'un abîme de ténèbres. Le temps que ses yeux s'habituent à l'obscurité, Mark ne pouvait compter que sur son ouïe, comme un aveugle.

Il entendit des pas. Juste devant lui. Des pas qui couraient. C'était Henry !

Il se précipita derrière lui et stoppa brutalement. Et si c'était un guet-apens ? Mieux valait procéder avec lenteur. Centimètre par centimètre, il se mit à progresser le long du couloir, aux aguets du moindre bruit susceptible de lui servir d'indice.

"*Ahhhh !*" Un cri perçant l'immobilisa. Tremblant de frayeur, incapable de réfléchir normalement, il comprenait seulement que ce hurlement ressemblait à la voix de Connie et qu'il avait l'air de venir de cet étage, bien qu'il n'eût su dire d'où, exactement.

"Ahhh ! Henry, arrête !"

Il sentit ses cheveux se dresser sur sa tête. Henry avait trouvé Connie le premier. Qu'était-il en train de lui faire ?

« Connie ! » hurla-t-il, d'une voix encore plus frénétique qu'auparavant.

Il se remit à avancer, ouvrant en grand toutes les portes sur son passage.

"Arrête, Henry ! ! !"

Elle était plus loin, après l'angle du couloir ! Il se précipita. Il ouvrit une porte à toute volée. Posée à même le plancher, la torche éclairait la pièce d'un faisceau sinistre qui ne lui permettait de distinguer ni Connie, ni Henry. En revanche, il entendait distinctement des bruits de bagarre. Il s'empara immédiatement de la torche et en balaya la pièce. Ses cousins étaient là, se débattant sur le plancher.

"Henry ! Arrête, arrête ! !" hurlait Connie.

Qu'était-il donc en train de lui faire ?

La petite fille poussa des éclats de rire et il sentit une vague de soulagement le submerger tout entier : Henry faisait seulement des chatouilles à sa sœur !

Ils se relevèrent tous deux avec un large sourire : Connie éclatante de plaisir, Henry débordant d'un mépris victorieux ; il avait réussi à terrifier son cousin.

« C'était drôlement drôle, s'exclama Connie. On en fait une autre ? »

Épouvanté à cette perspective, Mark signifia :

« C'est l'heure de te coucher !

— Ah, non ! » répliqua la petite fille, se croisant les bras sur la poitrine et secouant la tête avec obstination. « Je veux encore jouer.

— Tu l'as entendue, dit Henry. Elle veut encore jouer ! »

Mark réfléchit rapidement, il devait trouver sur-le-champ une idée alléchante.

« Dis, Connie, lui proposa-t-il, et si je te lisais plutôt une histoire ?

— Rien qu'une ? » se rebiffa la petite fille qui, malgré son jeune âge, savait parfaitement tirer parti d'une situation.

« Autant que tu voudras ! » ajouta-t-il, s'empressant de baisser pavillon.

Connie se dirigeait déjà vers la porte, quand Henry la retint brutalement par le bras.

« Connie n'a pas envie qu'on lui lise des histoires, siffla-t-il, en lui tordant le bras. N'est-ce pas, Connie ? »

Elle se dégagea et courut vers Mark.

« Si... vermine ! »

Ils auraient tous pu rire de sa repartie. Mais dans les ombres sinistres de la torche, Mark vit les pupilles d'Henry se rétrécir jusqu'à ne devenir plus que deux minces rainures d'où dardait un regard menaçant, le regard qu'il avait eu pour dompter le chien au bord de l'étang... Il sentit Connie lui prendre la main.

« Viens, Mark, lui disait-elle en le tirant vers la porte. Je sais déjà quelle histoire tu vas me lire en premier. »

Il lança un dernier regard à Henry. Celui-ci se tenait toujours face à lui et son visage, maintenant totalement inexpressif, n'était pas rassurant. Bien décidé à ne pas rendre la torche tant que la lumière ne serait pas revenue, Mark quitta la pièce avec la petite fille, laissant Henry dans le noir.

Alors qu'ils descendaient ensemble l'escalier, ils entendirent un bruit très fort, ils s'arrêtèrent. Henry devait avoir fait tomber une chaise ou renversé quelque chose. Ils reprirent leur marche sans prononcer un seul mot.

Mark éclairait Connie tandis qu'elle se déshabillait. Trop jeune pour ressentir de la honte à se montrer toute nue devant un garçon qu'elle ne connaissait presque pas, Connie mit son pyjama bleu ciel en toute innocence et se glissa dans son lit. Elle installa des oreillers pour que Mark ait une petite place confortable à côté d'elle, et celui-ci, touché de sa gentille attention, ne put s'empêcher de s'interroger une fois de plus sur les raisons qui poussaient son frère à lui vouloir du mal.

Connie obtint de Mark qu'il lui lise trois livres. Ils en étaient au second, quand la petite lampe sur la table de nuit de Connie s'alluma. Mark éteignit sa torche et reprit sa lecture.

La dernière histoire s'appelait *Madeline*. Mark la connaissait bien, car sa mère la lui avait souvent lue quand il était petit. Arrivé au moment où Madeline, en pension à Paris, a une crise d'appendicite, Mark remarqua que Connie avait du mal à garder les yeux ouverts.

« Bonsoir, les petites filles, fit-il semblant de lire. Remerciez le Seigneur d'être en bonne santé. Et maintenant faites dodo, dit Mademoiselle Clavell... Et elle éteignit la lumière... Et elle ferma la porte... Et voilà, c'est tout, il n'y a plus rien après. »

Connie dormait déjà à poings fermés, elle laissa échapper un profond soupir dans son sommeil, comme si elle laissait avec lui s'envoler les souvenirs de la journée passée. Mark posa le livre, remonta les couvertures sous le menton de la petite fille et resta un moment à contempler son visage angélique. Il éteignit la lampe de chevet et la pièce ne fut plus éclairée que par la lumière du couloir. Puis il sortit tout doucement de la chambre.

Subitement, il se retrouva nez à nez avec Henry, surgi on ne sait d'où, comme un diable de sa boîte.

« Que cette histoire était donc charmante ! » faisait son cousin, en prenant ses petits airs maniérés.

Mark se raidit aussitôt. Henry voulut le contourner pour entrer dans la chambre de sa sœur, mais il eut le réflexe de tendre le bras.

« Où vas-tu ? dit-il, lui barrant le passage.

— Jeter un œil sur ma petite sœur, répliqua Henry en repoussant son bras. Voir si elle est bien bordée.

— Elle est parfaitement bordée ! riposta Mark, en se déplaçant pour lui couper le chemin.

— C'est ce que nous allons voir ! » dit Henry, en feintant Mark sur la gauche et se faufilant sur la droite.

Mark le suivit derechef à l'intérieur de la pièce et ne le quitta pas des yeux. Henry alla droit vers le lit et ralluma la lampe de chevet. Puis, penché sur la petite fille endormie la tête en arrière, il contempla son cou et y passa le doigt. Mark se sentit devenir nerveux.

« Une si gentille petite fille... » raillait Henry, sur un ton de moquerie sinistre.

Il se redressa, face à Mark, dans la pénombre. Les deux garçons se dévisagèrent.

« Tu penses vraiment que je pourrais lui faire du mal ? demanda Henry.

— Oui ! » affirma Mark, en hochant lentement la tête, convaincu que son cousin allait se mettre en colère. Mais Henry se contenta de sourire, fier des craintes qu'il inspirait. Connie remua dans son sommeil et marmonna des mots inintelligibles. Les garçons se retournèrent ensemble. Mark sentit la main d'Henry lui serrer désagréablement l'épaule.

« Alors, qu'est-ce que tu vas faire ? Rester toute la nuit à côté d'elle pour la protéger ?

— Exactement, si c'est ça qu'il faut ! » répliqua Mark en chassant d'une tape la main de son cousin.

Henry le regarda de ces yeux vides et de cette expression impassible qui n'appartenaient qu'à lui, et tourna les talons. Resté dans la chambre, Mark en referma la porte, regrettant qu'il n'y eût pas de clef.

Mark alla jusqu'au centre de la pièce et regarda autour de lui. L'idée de devoir passer la nuit par terre, sur un sol dur et froid, lui fit pousser un soupir. Il aurait préféré dormir ailleurs, mais il ne le pouvait. Il prit l'oreiller que Connie lui avait installé pour la lecture et le posa par terre. Puis il s'allongea à même le plancher et mit sa tête dessus.

Nerveuse et distraite tout au long du dîner, Susan n'avait pas été pour Wallace la compagne de rêve avec laquelle il avait espéré passer la soirée. Elle s'en était bien rendu compte, mais elle avait été incapable de contenir l'angoisse qui montait en elle à mesure que les heures avançaient. Même le vin n'avait pu l'apaiser. Elle finit par demander à Wallace de rentrer, sans attendre le dessert.

« Je ne comprends pas, disait Wallace, alors qu'ils étaient sur le chemin du retour. Qu'est-ce qui te fait croire que quelque chose ne va pas ?

— Un sentiment épouvantable qui ne m'a pas quittée de la soirée, répliqua-t-elle. Ça ne s'explique pas.

— C'est quand même bien fondé sur quelque chose ? insista Wallace.

— Je suis incapable de le formuler ! » rétorqua-t-elle, tout en scrutant anxieusement la route, comme si elle s'attendait à la trouver barrée par des engins de pompiers et sa maison dévorée par les flammes.

« Ça ne te ressemble pas, dit son mari. Je veux bien que tu sois angoissée, mais encore faudrait-il qu'il y ait une raison !

— Il y en a forcément une, sinon je ne serais pas comme ça ! riposta-t-elle assez vertement.

— Susan, sois raisonnable, voyons ! soupira Wallace, un peu agacé.

— Il y a quelque chose qui n'est pas normal, je te dis. Appelle ça intuition féminine, si tu tiens absolument à lui donner un nom !

— Je me fiche du nom, dit Wallace. Ma sensation à moi, c'est qu'il n'y a rien d'anormal et qu'on va tout retrouver comme d'habitude. »

Ils bifurquèrent sur la voie privée et roulèrent jusqu'à la maison. Susan descendit très vite de voiture et se hâta jusqu'au perron, courant presque. Elle rata une marche et faillit tomber.

« Hé, ne cours donc pas comme ça ! lui lança son mari, resté en arrière.

— Oui, oui ! » dit-elle, sortant la clef de son sac et la mettant dans la serrure.

Wallace la rejoignit au moment où elle ouvrait la porte, ils entrèrent ensemble. Le hall était obscur et Susan alluma la lumière. Elle resta sans bouger, à l'écoute de la maison, essayant d'en jauger l'atmosphère.

« Qu'est-ce que je te disais ? souffla Wallace. Tout est tranquille. Je te parie que les enfants sont bien gentiment en train de dormir. »

"Pourvu qu'il ait raison", se disait Susan dont l'angoisse n'avait pas diminué.

« Montons ! dit Wallace.

— Attends ! »

Elle alla dans le salon et y alluma une lumière. Tout y était normal, un peu en désordre peut-être, mais pas davantage que ne l'est une pièce dans laquelle des enfants ont joué toute une soirée sans surveillance.

Puis elle remarqua, abandonnée sur le tapis, une poupée de Connie, les jambes tordues sous elle, et elle ressentit une impression bizarre ; sa nervosité s'en accrut.

« Qu'est-ce que c'est ? » demanda Wallace.

Elle lui tendit la poupée.

« Rien que ça ! » s'exclama-t-il, sans comprendre l'agitation de sa femme.

Susan fit demi-tour et se dépêcha de monter à l'étage. Tenant toujours la poupée dans sa main, elle prit le couloir. La porte de la chambre des garçons était grande ouverte, la pièce toute noire. Susan ne perdit pas de temps à regarder à l'intérieur. Son intuition lui disait que tout y était normal. Elle continua en direction de la chambre de Connie.

Elle vit tout de suite que la porte en était fermée et frissonna en sentant le froid de la poignée dans sa main. A la lumière du couloir, elle ne vit tout d'abord qu'un amas de couvertures et de draps sur le lit. Puis, ses yeux s'étant habitués, elle découvrit sa petite fille et elle se sentit soulagée.

« Qu'est-ce qu'il fiche ici, lui ? » s'étonna Wallace derrière elle.

Susan baissa la tête et remarqua seulement alors Mark endormi en boule à côté du lit.

« Ça, je n'en ai pas la moindre idée ! murmura-t-elle à son tour, intriguée de découvrir le garçon à cet endroit.

— Tu crois qu'il faut le reporter dans son lit ?

— Non, laissons-le là. » Elle sortit chercher une couverture dans l'armoire à linge. De retour dans la chambre, elle en couvrit doucement son neveu, puis elle se pencha sur Connie et glissa la poupée dans son lit, en vérifiant subrepticement, comme elle ne manquait jamais de le faire, que sa petite fille respirait bien.

L'instant d'après, elle quitta la pièce, tirant la porte sur elle.

« Tu es rassurée ? lui murmura son mari.

— Un peu, acquiesça-t-elle, mais j'ai encore une dernière visite. »

Elle s'arrêta sur le seuil de la chambre d'Henry. La lumière du corridor permettait de distinguer les contours de son corps à plat ventre sous les couvertures. Elle resta un moment à le regarder.

« Celui-là m'a tout l'air d'être tombé de sommeil ! » dit Wallace à voix basse.

Susan s'écarta et tira la porte, loin de se douter qu'Henry n'était pas endormi. Immobile dans son lit, il avait les yeux grands ouverts et ses pupilles étaient plus sombres que la nuit.

DIX-HUIT

Mark ouvrit les yeux. Pendant un instant, il se demanda ce qu'il faisait par terre sous une couverture bleue, dans une chambre inconnue inondée de soleil. Puis le souvenir de la nuit précédente lui revint à toute allure.

Il s'assit. Le lit de Connie était vide et il n'était pas fait. Une panique soudaine s'empara de lui et il bondit sur ses pieds. Il se précipitait déjà comme un fou hors de la chambre lorsqu'il entendit la voix de la petite fille elle venait du dehors. Il courut à la fenêtre. C'était bien Connie, dans le jardin, en combinaison de ski rose et bonnet blanc, en train de faire un bonhomme de neige, en se parlant tout seule, joyeusement ! Le soulagement qu'il éprouva fut tel qu'il se sentit vaciller. Connie était en pleine forme, rien d'horrible ne lui était arrivé.

Pour l'instant, en tout cas.

Il enfila son chandail bleu tout en dévalant l'escalier : il allait prendre son petit déjeuner à toute vitesse et filer dehors pour aider Connie à finir son bonhomme.

Il avait atteint le rez-de-chaussée et était sur le point d'entrer dans la cuisine, quand lui parvinrent des voix qui vibraient d'une émotion si intense qu'il faillit ne pas les reconnaître.

Resté près de l'escalier, il vit son oncle et sa tante par la porte entrouverte ; Wallace avait le bras passé autour des épaules de Susan et celle-ci tenait la tête baissée.

« C'est une sensation, ça ne s'explique pas... disait-elle.
— C'est la chambre de Richard ? insistait Wallace gentiment.
— Il n'y a pas que ça.
— Tu sais, dit Wallace, je ne fais pas une fixation sur cette chambre. Si tu penses que ça peut t'aider de la laisser comme elle est, je n'y vois pas d'inconvénient. »

Elle leva les yeux vers lui.

« Tu dis ça sincèrement ?
— Oui. Il y a une chose que je trouve beaucoup plus importante. C'est que tu arrêtes de te reprocher la mort de Richard. Tu n'y es pour rien.
— Si ! C'est moi qui l'ai laissé tout seul dans son bain ! s'écria Susan.
— Si on peut appeler quinze centimètres d'eau un bain ! C'est un accident auquel personne ne peut s'attendre. Le téléphone a sonné, tu es allée répondre en te disant qu'un gamin de deux ans ne se noie pas dans quinze centimètres d'eau. Tout le monde aurait pensé pareil. Moi le premier !
— Sauf que ce n'est pas à toi que c'est arrivé ! C'est à moi !
— C'est un accident tellement improbable, chérie, dit Wallace. Tu ne peux pas passer ta vie à t'en vouloir !
— Mais si, justement, je m'en veux ! J'essaie d'être rationnelle, je te jure, mais je n'y arrive pas. Je ne peux pas me le pardonner !
— Il le faut, pourtant. Toute notre vie s'en ressent. Je ne peux même plus t'emmener dîner dehors, tu vois bien !
— Je sais, dit Susan, en posant le front sur l'épaule de Wallace. Excuse-moi, je suis vraiment désolée. Je ne fais pas exprès d'être comme ça. Je ne fais pas exprès de te repousser. Mais c'est si dur !
— Je sais. » Il remarqua l'heure à la pendule et desserra son étreinte. « Ma chérie, il faut que j'y aille, maintenant.
— Tu es sûr ? »

Elle l'attrapa par son pull-over et le tint serré contre elle.

« Tu sais bien que j'y suis obligé, dit Wallace, en la serrant dans ses bras. Je t'aime.

— Je t'aime aussi », répondit Susan, d'une voix éteinte.

De la place où il se tenait, Mark vit Wallace sortir dans le jardin. Il resta sans bouger, absorbé dans ses réflexions. Quinze centimètres d'eau, voilà dans quoi Richard s'était noyé ! Il essaya de se représenter un enfant de deux ans : ce n'est plus un nourrisson, c'est un petit enfant qui marche déjà bien et fait des tas de choses tout seul. D'un autre côté, c'est vrai qu'il suffit de très peu d'eau pour se noyer, Mark l'avait déjà entendu dire. Un bébé aurait pu effectivement se noyer dans si peu d'eau, un bébé trop petit pour se rasseoir tout seul. Mais un enfant de deux ans ?

Est-ce qu'Henry... ?

Il s'efforça de chasser cette pensée. C'était trop horrible, épouvantable ! Et pourtant, s'il y avait une seule personne au monde capable de faire une chose pareille, c'était bien son cousin !

Estimant que Susan devait avoir eu le temps de se ressaisir, il se dirigea d'un pas lent vers la cuisine.

Sa tante avait changé de place et se tenait maintenant devant l'évier, la tête baissée. L'apercevant, Mark s'arrêta sur le seuil et piétina un peu sur place en faisant du bruit pour prévenir qu'il entrait dans la pièce.

Susan releva brusquement la tête et se tourna vers lui, se forçant à étirer ses lèvres en un pauvre sourire.

« Bonjour, Mark.

— Bonjour.

— Petit dej ? »

Mark secoua la tête.

« Je n'ai pas très faim, mais merci quand même.

— Tu as dormi dans la chambre de Connie, cette nuit.

— Ouais. »

Il sentait qu'elle l'examinait, attendant sans doute des explications. Mais aucune excuse ne lui venait à l'esprit et il garda le silence.

« Tu vas bien, Mark ? ajouta-t-elle.

— Pourquoi tu me demandes ça ? fit-il, levant les yeux sur elle.

— Tu avais l'air plutôt angoissé, hier soir. »

Il acquiesça d'un signe de tête. Il sentait à nouveau poindre en lui ce sentiment étrange d'être relié à Susan par des fibres très intimes, de communiquer avec elle sur des ondes particulières auxquelles personne d'autre n'avait accès.

« Tu veux me dire pourquoi ? reprit-elle, en versant de l'eau dans la machine à café.

— Heu... »

Mark se sentait une forte envie de tout lui dire, mais ne savait comment s'y prendre. Comment fait-on pour dire à une mère que son fils est vicieux, fou et mauvais ?

« Tu n'es pas obligé de me le dire, tu sais ! »

L'espace d'une seconde, Mark se demanda si elle tentait une manœuvre de psychologie inversée, puis il décida que non : si elle lui disait cela, c'était qu'elle le pensait vraiment, il n'avait rien besoin d'expliquer à moins de le vouloir véritablement. Tout dire était justement ce qu'il voulait le plus.

« C'est au sujet d'Henry, commença-t-il précautionneusement, attendant de voir sa réaction.

— Je m'en doutais, dit Susan. J'ai senti une certaine tension entre vous. »

Tension, le mot était bien faible !

« Ouais, fit-il seulement.

— Tout va bien ? demanda Susan.

— Non, justement. Pas vraiment. »

Il regarda la cuisine, puis se pencha pour voir l'entrée.

« Tu peux parler tout haut, dit Susan, il n'est pas là. »

Mark se détendit, mais aussitôt une appréhension subite le prit.

« Il est où ?

— Parti avec Connie. »

Mark se jeta sur la fenêtre. Dehors, le bonhomme de neige était abandonné, terminé, avec des pierres pour faire les yeux et une branche pour le nez.

« Parti ? »

Il sentit la panique le saisir.

« Oui. D'ailleurs, il a été très gentil. Il a dit qu'il ne s'occupait pas assez de sa sœur. »

Mark sentit son cœur cogner dans sa poitrine.

« Je crois, poursuivit Susan, qu'il est un peu jaloux que Connie et toi...

— Où sont-ils allés ? la coupa-t-il brutalement.

— A la carrière.

— Pourquoi faire ? Qu'est-ce qu'il y a, là-bas ?

— Une patinoire, expliqua-t-elle. Pourquoi ? Qu'est-ce qui se passe, Mark ?

— Je ne peux pas te le dire, répondit-il d'une voix hachée. C'est où, la carrière, comment on y va ?

— Au bout du chemin, à gauche. Tu fais cent mètres sur la route et tu tournes à droite sur Quarry Lane. On la voit de loin.

— Merci ! »

Il fila comme un boulet de canon hors de la cuisine.

« Attends ! cria Susan. Qu'est-ce qui te presse ? »

Il n'avait pas le temps de répondre. En une seconde, il avait enfilé ses bottes, pris son anorak et se précipitait dehors.

L'air était froid et son haleine s'envolait de sa bouche en longues traînées à chaque expiration. Il trouva facilement Quarry Lane et parvint bientôt à un sentier qui s'enfonçait dans le sous-bois. La neige y était bien tassée par les promeneurs. Trois filles en parkas de couleurs vives et avec des patins à l'épaule, marchaient une dizaine de mètres devant lui. Il les dépassa à toute allure. Entre les branches dénudées, il voyait le chemin qui montait en haut d'une butte. Le cœur battant à tout rompre, il grimpa en courant et s'arrêta au sommet pour reprendre sa respiration. A ses pieds, s'ouvrait une ancienne carrière que l'on avait inondée et qui était maintenant couverte de glace. Une bonne centaine de personnes y patinaient, des enfants pour la plupart.

Mark essaya de distinguer Henry et Connie parmi la foule, mais combinaisons roses et bonnets blancs étaient en trop grand nombre.

Il fallait absolument qu'il trouve sa cousine... il devait la prévenir avant qu'il ne soit trop tard.

« Connie ! hurla-t-il en se remettant à courir. Connie ! »

Ses cris se perdaient au milieu des appels et des rires. Il descendit en courant la pente glissante. A mesure qu'il se rapprochait de la glace, il voyait mieux les patineurs et commençait à discerner plus nettement les couples de jeunes garçons avec des filles plus petites.

« Connie ! » hurlait-il. Il dut s'arrêter, épuisé par la course. Titubant, il prit appui sur un arbre pour reprendre son souffle à grandes goulées d'air froid.

Il était dévoré d'inquiétude : où était la petite fille ? Réussirait-il à la retrouver avant qu'il ne soit trop tard ?

La carrière, large et longue, faisait une légère courbe en son centre. Le gros des patineurs restait sur la gauche, mais il remarqua deux enfants qui s'éloignaient de la foule. Le plus grand, qui portait une casquette bleu marine, un anorak bleu et un jean, avait des patins de hockey et tirait le plus petit, en combinaison rose et bonnet blanc. Ils étaient trop loin pour que Mark pût voir leurs visages, mais il savait que c'était eux.

« *Connie ! !* hurla-t-il de toute la force de ses poumons. *Connie, attends !* »

La petite fille ne fit aucun geste qui eût pu donner à comprendre qu'elle l'avait entendu. Le garçon, c'était forcément Henry, la tirait d'une main, et elle, se cramponnait des deux mains à la sienne, comme les skieurs nautiques s'agrippent à leur poignée. Henry patinait, la tête bien baissée, et balançait son bras libre pour prendre de la vitesse.

« Connie ! »

Mark se laissa glisser du tronc et repartit dans une course effrénée. Il quitta le sentier bien damé et coupa par le versant. C'était plus escarpé, tout embroussaillé, la neige y était vierge et le garçon enfonçait à chaque pas, tout en se protégeant des mains pour empêcher les branches de lui battre le visage.

Mark entendait maintenant les cris de Connie, mélange de

délices et de frayeur, à mesure qu'Henry patinait plus vite, la tirant vers le tournant au centre de la carrière.

Un gros rocher en surplomb masquait aux yeux de Mark la partie de patinoire de l'autre côté du tournant. Il continua de courir dans la neige. Il tomba dans des buissons et déboula sur la glace, chancelant.

« Hé, regarde où tu vas ! » s'exclamèrent aussitôt une demi-douzaine de types armés de crosses de hockey. « Interférence ! » hurlèrent leurs adversaires.

« Oh, pardon ! Excusez-moi ! » dit-il d'une voix essoufflée, en avançant sur la glace. Ses semelles de bottes dérapaient et glissaient, mais il arrivait quand même à prendre de la vitesse.

« Il faut que je passe le tournant, il faut que je voie ce qu'il y a de l'autre côté ! » ne cessait-il de se répéter.

Loin sur la glace, Henry tirait toujours Connie, pliée à la taille pour mieux tenir sa main. Il avait entamé un large virage et Mark vit qu'il patinait en direction d'une petite barrière de bois rouge et blanche qui délimitait une zone d'insécurité.

« Connie, reviens ! » hurla Mark, tout en continuant de marcher d'un pas chancelant sur la glace.

Henry décrivait un large cercle et tirait Connie de telle sorte que la force centrifuge la propulsait vers la barrière. Soudain, il la ramena sur lui et lui lâcha la main brusquement. Elle fila comme une flèche droit sur la barrière, le corps balançant d'avant en arrière et les bras battant l'air pour garder l'équilibre.

Elle percuta la barrière et se retrouva sur le ventre, bras et jambes écartés, sans rien pour arrêter sa glissade, sans rien à quoi elle pût se rattraper.

La glace qui s'étendait un peu plus loin devant elle était d'une autre couleur, gris sale, et Mark remarqua qu'elle était recouverte d'une mince couche d'eau.

Connie filait droit vers la tache grisâtre...

Elle disparut soudain.

"Oh, mon Dieu ! Connie !"

Mark poussa un hurlement. Il essaya d'accélérer sa course, mais, comme dans les dessins animés, plus vite il remuait les jambes, moins vite il avançait.

Là-bas, de l'autre côté de la barrière, la tête de Connie avec son bonnet blanc faisait une boule à la surface.

« *Connie !* » hurla-t-il encore.

Ses cris finirent par attirer l'attention. Des patineurs montraient du doigt la barrière démantibulée. Les gens se mirent à crier :

« Quelqu'un vient de tomber à l'eau !

— Appelez les secours ! »

En un instant, la foule tout entière avait cessé ses jeux. A sa stupéfaction, Mark vit Henry patiner vers l'endroit où la tête de Connie émergeait encore de l'eau glacée, il vit qu'il freinait et se mettait à plat ventre sur la glace pour ramper en direction de sa sœur.

Les patineurs s'attroupaient autour de la barrière, dépassant Mark qui courait toujours en chancelant.

"Que fait Henry ? se demanda-t-il. Tente-t-il vraiment de sauver Connie ?"

De loin, il vit la petite fille lever un bras dans un mouvement très lent, léthargique. "Hypothermie, pensa-t-il sur-le-champ, déperdition accélérée de chaleur corporelle." Il avait lu ça quelque part. C'était sans aucun doute ce qui était en train d'arriver à Connie.

Des patineurs s'aventuraient au-delà de la barrière. Mark vit Henry les regarder par-dessus son épaule et il l'entendit leur crier :

« N'avancez pas, la glace va se casser ! »

Puis il vit la tête de Connie disparaître et il entendit de nouveau la voix d'Henry hurler :

« Je ne la vois plus. Je ne peux pas la trouver ! »

Mark tentait toujours de se frayer un chemin parmi la foule. Il entendit bientôt des cris derrière lui :

« Dégagez ! Laissez passer ! »

Il se retourna aussitôt. Deux hommes, des sauveteurs, patinaient vers lui, l'un portant une longue échelle, l'autre un piolet à glace.

Soudain un fort craquement retentit sous les pieds de la foule. Quelqu'un hurla :

« Qu'est-ce que c'est ?

— C'est la glace qui se rompt ! s'exclama un autre.

— Vous faites trop de poids ! cria le sauveteur à l'échelle. En arrière, tout le monde ! Dispersez-vous ! »

Instantanément, la foule recula et s'éparpilla. Les sauveteurs continuèrent vers l'endroit où la glace était mince.

« Ce n'est pas assez solide pour nous deux », cria l'un des sauveteurs. « Vas-y tout seul. » Et il passa son piolet à celui qui portait l'échelle.

L'autre sauveteur continua seul d'avancer vers Henry.

Il ne va jamais y arriver à temps ! pensait Mark, en jouant toujours des coudes parmi les badauds.

Il s'apprêtait à enjamber la barrière, quand une main s'abattit brutalement sur son épaule.

Mark se retourna, c'était le sauveteur au piolet. Il supplia d'une voix étranglée :

« Il faut que j'y aille !

— Interdit d'aller plus loin ! jeta l'homme.

— Mais elle va se noyer !

— Toi aussi. »

Là-bas, l'autre sauveteur s'était mis à quatre pattes et faisait glisser l'échelle vers Henry. Autour de Mark, la foule s'était tue et retenait son souffle.

Du bord du trou, Henry se retourna et vit le sauveteur qui lui tendait l'échelle.

« Elle n'est plus là ! s'écria-t-il.

— Reviens, toi !

— Mais..., protesta Henry.

— Avance en t'appuyant sur les barreaux. »

Henry se mit à grimper à plat le long de l'échelle. De son côté, le sauveteur rampa le plus près possible du trou.

« Qu'est-ce qu'il fait ? demanda quelqu'un dans la foule derrière Mark.

— Il la cherche.

— Mais puisqu'elle n'y est pas !

— Elle s'est enfoncée. Elle peut être n'importe où ! »

Une sirène d'ambulance retentit dans le lointain. Mark sentit sa gorge se serrer. Son cœur battait la chamade.

Non, se disait-il. Ça ne peut pas arriver !

Pas une deuxième fois !

Pas avec Connie !

Soudain, le sauveteur se mit à cogner à toute volée avec le piolet, faisant étinceler dans l'air des gerbes de glace. S'agrippant ensuite à l'outil fiché dans la glace, il se fit glisser sur le ventre jusqu'au bord du trou et plongea les bras dans l'eau.

L'instant d'après, un bonnet blanc apparut, puis le petit corps tout tordu et dégoulinant de Connie.

« Il l'a rattrapée ! »

Dans la foule, des patineurs applaudirent, tandis que le sauveteur, sans perdre un instant, se penchait sur Connie et lui faisait du bouche-à-bouche.

« Ça n'a pas duré plus d'une minute, dit le sauveteur qui tenait toujours Mark par l'épaule.

— Ça veut dire qu'elle a une chance de s'en sortir ?

— Une petite, oui ! répondit-il.

— L'ambulance est arrivée ! » cria quelqu'un.

Mark se retourna. Deux infirmiers, un homme et une femme, accouraient déjà, portant une civière et un ballon d'oxygène. De là-bas, l'autre sauveteur les avait vus aussi. Il prit Connie dans ses bras et, sans cesser son bouche-à-bouche, il patina vers la berge.

La foule continuait d'observer le déroulement des secours. Le sauveteur remit Connie aux infirmiers qui la sanglèrent rapidement sur la civière et, lui ayant mis un masque à oxygène, la portèrent à l'ambulance garée sur le petit sentier dans les bois.

« Ils ont arrêté le bouche-à-bouche. Elle est sous oxygène. C'est sans doute parce qu'elle respire encore. »

Mark sentit sa tension se relâcher, comme si une onde très faible parcourait son corps. Autour de lui, la foule aussi se détendit. Des spectateurs se remirent à patiner, d'autres regagnèrent le bord, estimant probablement qu'ils avaient eu leur plein d'émotion pour la journée.

Et Henry ? se dit Mark. *Où est-il ?*

Il parcourut des yeux la berge et vit un groupe de gens rassemblés autour de quelqu'un assis sur un rocher. Il se dirigea vers eux, sans se hâter, repassant dans sa tête les événements dont il venait d'être le témoin.

D'autres que lui avaient-ils vu Henry entraîner Connie vers la barrière ? Sûrement, mais ils avaient dû penser que les enfants étaient en train de jouer. D'ailleurs, lui-même avait eu du mal à percer les intentions de son cousin, Connie et Henry avaient vraiment donné l'impression de bien s'amuser ! Comme si c'était uniquement par mégarde qu'Henry avait tiré la petite fille trop près de la barrière, et que seul un hasard funeste lui avait fait perdre le contrôle de sa sœur.

L'histoire serait arrivée à un autre enfant, Mark aurait immédiatement conclu à l'accident. Mais Henry n'était pas n'importe quel enfant. Henry était Henry.

Et Mark comprenait maintenant pourquoi son cousin s'était élancé vers le trou où Connie était tombée ! Oh, ce n'était pas pour sauver la petite fille ! C'était pour regarder !

Comme il avait regardé mourir le chien.

Comme il avait regardé l'accident sur l'autoroute.

Comme il avait regardé Mark, quand il lui avait demandé s'il avait vu sa mère après qu'elle était morte.

Comme il prétendait avoir bien regardé son frère noyé.

Voilà ce que c'était : *Henry aimait regarder la mort !*

C'était bien son cousin au centre du groupe, emmitouflé dans une couverture. Accroupi à ses pieds, quelqu'un lui parlait et lui, la tête baissée, faisait signe que oui de temps en temps !

Quel acteur ! pensa Mark. Il lui fallut tout son sang-froid pour ne pas bousculer les gens et flanquer à Henry son poing dans la figure.

Il fit encore quelques pas. Henry avait relevé les yeux et le regardait avancer. Pendant un instant, les deux garçons se dévisagèrent. Et Mark crut voir à nouveau ce sourire furieux, mais ce n'était pas sur les lèvres d'Henry qu'il était pour une fois, c'était au fond de ses prunelles à lui.

« Ne t'inquiète pas, disait quelqu'un à Henry, lui posant une main réconfortante sur l'épaule. Ta sœur va se remettre. »

Henry acquiesçait et baissait les yeux au sol.

Comme s'il était triste ! Comme si tout cela n'avait été qu'un accident !

Serrant les poings, Mark tourna les talons.

DIX-NEUF

Dans le salon, debout près du piano, Susan scrutait la photo de Richard. Il avait été un petit garçon costaud pour son âge, qui se tenait fermement sur ses jambes. Comment avait-il fait pour se noyer ?

Depuis le drame, il n'y avait eu de jour qu'elle ne se posât la question, de matin qu'elle ne se réveillât sans cette interrogation en tête.

Ce jour-là, Wallace avait emmené Connie faire une course avec lui, et elle était restée seule avec Henry et Richard à la maison. Quand elle avait laissé Richard, il était en train de jouer tranquillement dans son bain, bien assis dans la baignoire. A son retour, il était à plat ventre, la tête sous l'eau.

Quinze centimètres d'eau.

Mais il y avait Henry...

Susan chassa vite cette pensée. Non, elle ne devait pas croire ça. Elle n'en avait pas le droit. C'était trop horrible ! C'était impossible. Elle se détesta d'y avoir même pensé ! Non, c'était Wallace qui avait raison, la mort de Richard était un de ces accidents improbables, auxquels personne ne peut s'attendre.

Quinze centimètres d'eau.

... Le téléphone sonna.

C'était Wallace qui venait d'apprendre en ville que Connie était passée au travers de la glace et qu'elle avait été conduite à l'hôpital en ambulance.

Dès cet instant, la précipitation s'empara de Susan et ne la quitta plus : elle empoigna son manteau, se catapulta dans sa voiture et fonça à l'hôpital. Là, elle traversa le parking en courant, monta l'escalier quatre à quatre, se rua sur la porte, laissant les pans de son manteau voler derrière elle.

Elle n'avait plus qu'une seule pensée en tête : *Seigneur, pitié ! Faites que cela ne se produise pas une seconde fois !*

Tout au long des étages, elle ne cessa de maudire l'ascenseur ; arrivée au quatrième, elle s'élança dans le couloir au pas de course, bondissant de côté pour éviter les patients à béquilles ou ceux en chaise roulante.

Elle reconnut Wallace de loin. Il sortait d'une chambre en compagnie d'un médecin en blouse blanche qui portait un stéthoscope autour du cou. En entendant un bruit rapide de pas, Wallace se retourna.

Une demi-seconde, Susan sonda son visage.

Seigneur ! Seigneur, pitié !

Les lèvres de Wallace esquissèrent un petit sourire lugubre.

« Elle va s'en sortir, Susan ! »

Subitement, ses jambes ne furent plus que de la marmelade. S'effondrant sous l'effet du soulagement, elle s'écroula dans les bras de son mari.

Merci, mon Dieu !

Mark avait dit au sauveteur qui l'avait empêché d'enjamber la barrière qu'il était le cousin de la petite fille qui avait failli se noyer, et celui-ci le déposa à l'hôpital. L'homme connaissait Henry, il avait un fils du même âge et l'année précédente, les deux garçons avaient fait partie de la même équipe de football américain.

« Il a été drôlement courageux », dit-il en arrivant au parking de l'hôpital.

Mark hocha la tête sans rien dire.

Si seulement les gens savaient !

Une des personnes si occupées à réconforter Henry l'a sûrement conduit ici, se dit Mark tout en cherchant la chambre de Connie. Pourvu que Susan et Wallace soient tellement pris par l'accident, qu'il ne leur vienne pas à l'esprit de remarquer que nous ne sommes pas arrivés ensemble.

Le temps que Mark trouve la chambre, le reste de la famille y était déjà réuni au complet.

La porte était ouverte, ce qui n'empêcha pas Mark de frapper doucement. Wallace tourna la tête et le vit.

« Entre, Mark », dit-il.

Le garçon pénétra dans la pièce. Henry était pelotonné contre Susan qui le tenait serré contre elle, un bras passé autour de ses épaules. Connie était allongée, les yeux clos, toute minuscule dans ce grand lit d'hôpital. A côté du lit, un petit moniteur vert enregistrait les battements de son cœur en faisant des bips.

« Elle va bien ? demanda Mark.

— Oui, elle va se remettre, répondit Wallace.

— Formidable ! » s'exclama Mark, soulagé.

Il s'assit dans un coin, sur une chaise restée libre, et contempla Connie. Elle avait eu de la chance ! Beaucoup de chance ! Mais, lui, il aurait dû arriver à temps. Il n'aurait jamais dû se permettre de la laisser partir seule avec Henry.

« Mark ? »

Il tourna la tête. C'était Susan qui l'avait appelé et le regardait.

« Oui.

— Tu es allé à la carrière, n'est-ce pas ? »

Avec une certaine appréhension, il acquiesça.

« Tu as vu ce qui s'est passé ? »

La question le prit de court ; désarçonné, il ne sut que dire.

« Je pense qu'il est arrivé après », dit Henry, répondant à sa place.

Ce n'était pas le moment d'entamer une dispute et Mark garda le silence, tandis que Susan se mettait à caresser doucement les cheveux de son fils, en disant :

« Ce que tu as fait était très courageux, Henry. Tu as sauvé ta sœur ! »

Henry souriait béatement, comme s'il se délectait de l'adoration que sa mère manifestait pour lui.

Si seulement tu savais ! avait envie de hurler Mark à Susan.

Les heures de visite se terminèrent. Malgré les protestations de Susan et de Wallace, le docteur insista pour que Connie passe la nuit à l'hôpital par mesure de sécurité. Il faisait encore jour quand la famille arriva à la maison. Susan descendit de voiture, mais au lieu d'entrer, elle annonça qu'elle allait faire une promenade.

Henry entra dans la maison. Wallace monta les marches et tint la porte ouverte pour Mark.

« Tu viens ?

— Je crois que je vais faire un tour, moi aussi.

— O.K., à tout à l'heure, alors », fit Wallace, en refermant la porte.

Mark partit à la recherche de Susan. Il la vit, de l'autre côté de la maison, qui se dirigeait vers les falaises, vers l'endroit où elle aimait se réfugier lorsqu'elle voulait être seule.

Il fallait qu'il lui parle. Et il se demandait ce qu'il allait faire si elle ne le croyait pas. En effet, quelle raison avait Susan de le croire ? La simple raison qu'il disait la vérité ? Mais quelles preuves apportait-il qu'il disait bien la vérité ?

« Que j'aie des preuves ou non est sans importance, décida-t-il. Il faut que je lui parle sans plus attendre, avant qu'Henry n'ait le temps de mettre ses desseins à exécution ! »

Il se mit à la suivre.

Un vent du soir s'était levé qui faisait ployer et gémir les branches dénudées, et voler la neige à ras du sol. Mark avançait, les cheveux dans les yeux.

Au bord du promontoire, Susan regardait les vagues s'écraser sur les rochers tout en bas. Sentant une présence dans son dos, elle se retourna brusquement.

« Qu'est-ce que tu fais ici ? » demanda-t-elle. Elle n'était pas fâchée, curieuse simplement.

« J'ai besoin de te parler », répondit Mark.

Elle l'examina un moment.

« Quelque chose te tracasse, n'est-ce pas ? Quelque chose que tu voulais déjà me dire hier soir ? »

Mark fit oui de la tête, se demandant avec inquiétude si Susan allait le croire.

« Alors, dis-moi de quoi il s'agit.

— Henry a dit que je n'étais pas à la carrière. Ce n'est pas vrai. J'y étais. »

Elle le regarda sans rien dire, mais ses yeux le pressaient de poursuivre.

« Heu, je ne peux rien dire en toute certitude », dit-il. Il se sentait devenir nerveux. « Je veux dire, je n'étais pas tout près, mais...

— Quoi, mais ? l'interrompit-elle, retenant une mèche de cheveux que le vent faisait voler dans sa figure.

— Je crois que... je ne crois pas que ce qui s'est passé était un accident.

— Quoi ! »

Des rides de surprise marquèrent le front de Susan.

« Il n'y avait personne d'autre à ce bout de la carrière, parce que la couche de glace était trop mince, reprit Mark. Henry tirait Connie. Ils allaient beaucoup trop vite. Et alors, il l'a laissée partir... je veux dire, il l'a, heu... projetée... sur la partie de glace qui était trop mince. »

Susan écarquilla les yeux.

« Il m'a dit qu'il la haïssait », ajouta Mark.

Susan fit un pas vers lui.

« Qu'est-ce que tu veux dire ?

— Ce n'était pas un accident. C'est pour ça que j'ai foncé hors de la maison ce matin, quand tu m'as dit qu'ils étaient allés à la carrière. Je savais ce qu'il voulait lui faire.

— Qu'est-ce qu'il voulait lui faire ? »

Que c'était dur à dire ! Susan n'allait jamais le croire, et pourtant il ne pouvait pas lui cacher la vérité davantage.

« Connie n'a pas dérapé, dit-il. C'est Henry. Tu ne sais pas comment il est. Il a essayé de la tuer !

— Non ! » hurla Susan.

Jaillie de sa poche, sa main alla frapper Mark en pleine figure. Il recula, le visage en feu.

« C'est faux ! hurla Susan, hors d'elle. Tu mens ! Henry est mon fils. Je l'aime et rien de ce que tu pourras dire n'y changera quoi que ce soit. C'est mon petit garçon. C'est mon fils. Ne viens plus jamais me dire des monstruosités ! »

Elle fit demi-tour. A travers ses larmes, Mark la vit rentrer d'un pas précipité à la maison. Il porta la main à sa joue toute rouge. Susan ne l'avait pas cru. Jamais elle ne le croirait !

Il reprit lentement le chemin du retour. C'était sans espoir. Personne ne le croirait... Sauf quand ce serait trop tard... Et le pire, c'est qu'il venait de perdre le seul allié qu'il avait. Il se sentit terriblement seul. Encore plus seul que lorsque sa mère était morte.

Seule dans sa chambre, Susan mit un long moment à retrouver son calme. Regardant le soleil se coucher, elle se demandait ce qui avait bien pu pousser Mark à lui dire une chose aussi révoltante. Son neveu avait eu une pensée ignoble.

Et pourtant, elle devait reconnaître que les paroles de Mark trouvaient un écho au plus profond d'elle-même, l'écho d'une pensée qui l'avait traversée aujourd'hui même, lorsqu'elle avait regardé la photo de Richard. Une pensée qu'elle avait péniblement réussi à étouffer.

Mark, avec ses paroles, venait de rallumer l'étincelle.

Quinze centimètres d'eau.

Elle regretta d'avoir donné une gifle à son neveu. Mais en dehors de ce geste, elle ne regrettait rien, aucune des phrases qu'elle avait prononcées. Elle avait raison de rejeter ce soupçon. Ce n'était qu'une éventualité qu'aucune preuve n'étayait. Henry était son fils, nom d'un chien. C'était un garçon gentil, très gentil.

Et pourtant, elle devait reconnaître qu'il était étrange que Mark et elle aient eu tous deux la même pensée.

Arrivée à ce point de ses réflexions, elle éprouva subitement le besoin irrépressible de retourner à l'hôpital, d'être avec sa petite fille, de ne pas laisser Connie toute seule.

La respiration de Connie et le cliquettement du moniteur branché sur son cœur, venaient seuls troubler le silence de la chambre d'hôpital. Il faisait sombre, la pièce n'était éclairée que par le tracé vert sur l'écran de l'appareil. Susan était assise dans un coin derrière la porte et ne faisait rien d'autre qu'écouter tous ces sons. Sans pouvoir se l'expliquer, elle savait qu'elle devait rester ici. Des pensées bizarres voguaient à la frontière de sa conscience, insaisissables, comme des poissons dans une mer toute noire. Elle savait que ces pensées étaient là, tout près, mais elle ne parvenait pas à les définir clairement.

Elle se demandait s'il en était ainsi parce qu'elle-même s'interdisait de les formuler, lorsque la porte s'entrebâilla, laissant filtrer un mince rai de lumière. Elle faillit parler, mais une voix intérieure la musela et lui ordonna de rester sans bouger.

La porte s'ouvrit un peu plus et Susan vit Henry pénétrer dans la pièce. Il s'approcha à pas feutrés de sa sœur, sans avoir allumé la lumière.

"Que vient-il faire ici ? s'interrogea Susan. Pourquoi reste-t-il dans le noir ?"

Les mains crispées aux bras de son fauteuil, elle suivit les moindres gestes d'Henry, tandis qu'il s'avançait vers le lit et se penchait silencieusement sur sa sœur endormie. Elle le vit se tourner ensuite lentement et fixer le moniteur. La lumière verte éclairait en clignotant son visage, donnant l'impression qu'une ligne de bataille le partageait en deux.

Qu'a-t-il à scruter ainsi le moniteur ?
Quelle étrange fascination l'appareil exerce-t-il sur lui ?
Subitement, Susan prit peur.
« Henry ? »

Celui-ci se retourna de tout son corps et, à la lumière qu'elle venait d'allumer tout d'un coup, Susan put voir l'intense stupéfaction de son fils : pendant un bref instant, il avait eu le regard affolé d'un cerf pris dans les phares d'une voiture, puis il avait retrouvé rapidement sa contenance habituelle et maintenant il lui adressait le plus charmant de ses sourires d'enfant.

« Maman, je ne t'avais pas vue ! »

Ce revirement si rapide la déconcerta.

« Chut ! Ne réveille pas ta sœur ! » dit Susan, mettant un doigt sur sa bouche et se levant de son siège. « Qu'est-ce que tu fais ici ? Je te croyais à la maison, avec papa. »

Se tournant vers le lit, Henry repoussa délicatement une mèche de cheveux qui tombait sur les yeux de Connie.

« J'étais inquiet, dit-il doucement. Elle s'est réveillée ?

— Un tout petit moment, il n'y a pas longtemps. Elle avait l'air très perplexe.

— A quel sujet ? » demanda Henry, un petit peu trop vite, comme si la question le tracassait.

Susan, bien qu'à contrecœur, enregistra la réaction de son fils.

« De se trouver à l'hôpital. Je ne pense pas qu'elle se rappelle ce qui lui est arrivé. »

Susan eut l'impression qu'Henry était soulagé d'apprendre cette nouvelle, qu'il s'était détendu. Mais elle n'en était pas certaine et se dit que c'était peut-être son imagination.

« C'est bien, disait Henry. C'est probablement ce qu'elle a de mieux à faire. »

Susan observait attentivement son fils ; un sentiment d'inconfort extrême commençait à s'emparer d'elle.

« Henry, que s'est-il passé exactement à la carrière ? »

Il eut l'air surpris.

« Je t'ai déjà dit, maman, c'était un accident !

— Bien sûr ! » fit-elle, hochant la tête et se forçant à sourire.

« Je sais, fit Henry, tandis qu'une expression attristée se peignait sur son visage, je l'ai toujours traitée comme une sale gamine. Jusqu'à aujourd'hui... je n'avais jamais compris à quel point elle comptait pour moi. »

Susan ne quittait pas des yeux son fils, sa manière d'être lui donnait à réfléchir. Ce n'était pas la première fois qu'elle voyait Henry agir de la sorte : dans le passé, il s'était souvent montré doux, honnête, allant jusqu'à exprimer des remords. Elle se rappelait qu'elle avait parfois trouvé cela trop beau pour être vrai. Elle revit la scène de l'autre jour, dans la chambre de Richard, elle revit le reflet qu'elle avait surpris dans le petit miroir, celui d'un garçon complètement différent lorsqu'il n'était pas observé, tout comme il avait été complètement différent quelques instants auparavant, lorsque, se croyant seul, il s'était faufilé dans la chambre d'hôpital.

Est-il possible qu'il joue la comédie, qu'il fasse semblant ? se surprit-elle à penser. Le sentiment de malaise commençait à l'envahir tout entière. Elle se hâta de chasser ces pensées, s'en voulant de les avoir. Non, c'était impossible. Henry était son *fils* !

Et pourtant...

« Papa sait que tu es ici ? demanda-t-elle.

— Non, je suis parti en douce, dit Henry. J'aurais dû lui dire, hein ?

— Oui.

— Bon, eh bien, il vaut mieux que je rentre vite, alors, avant qu'il ne s'en aperçoive, conclut-il. Tu viens ?

— Non, je vais rester encore un peu. Cours vite, toi. »

Il se dirigea vers la porte. Susan sentait mille questions l'agiter, elle soupçonnait quelque chose, mais était incapable de formuler de quoi il s'agissait.

« Henry ? commença-t-elle.

— Oui, maman. »

Il avait fait demi-tour et se tenait face à elle. Elle crut avoir surpris un air de culpabilité dans son mouvement, une sorte de gêne, mais devant le regard plein de franchise et d'innocence qu'il lui offrait maintenant, elle changea d'avis. Non, c'était impossible, un garçon de douze ans ne pouvait pas être aussi mauvais et sournois, ce devait être encore le fruit de son imagination.

« Rien, fit-elle, je te retrouve à la maison. »

Henry fit un signe de la tête et jeta un dernier regard à sa sœur.

« Dis à Connie que je suis venu la voir, d'accord ?
— Sans faute. »

Henry fit un sourire et quitta la pièce. Et Susan l'entendit siffloter le long du couloir.

VINGT

Il était midi dans le Maine, ce qui voulait dire qu'il était dans les minuit au Japon. Mark avait rendez-vous avec Alice Davenport et il serait bientôt pour lui l'heure de s'y rendre. Il était furieux, car Susan avait mentionné le fait devant Henry ce matin. Henry qui, comme de juste, en avait profité pour lui adresser un sourire de connivence, comme s'il était au courant du secret ! Comme s'il était supérieur à Mark, ce pauvre petit qui avait besoin de voir une psychologue pour s'en sortir, alors que lui, Henry, n'avait pas besoin d'aller raconter sa vie à quelqu'un pour se porter très bien ! C'était à crever de rire, quand on y pensait ! Parce que si jamais un gamin devait aller voir un psy, c'était sans aucun doute son abominable cousin !

Il était presque temps de partir. "Eh bien, Alice attendra, se dit Mark. J'ai bien attendu, moi, toute la matinée que le téléphone se libère !"

Il se glissa dans le bureau de Wallace et composa le numéro que son père lui avait laissé. Il s'efforçait de faire le plus doucement possible, car si Susan était partie chercher Connie à l'hôpital, il y avait toujours Wallace et Henry quelque part dans la maison, et il ne fallait surtout pas qu'ils lui tombent dessus inopinément.

Il y eut quelques sons bizarroïdes avant que la sonnerie ne se déclenche. Elle sonna un long moment et une voix féminine se décida finalement à répondre. En japonais. De sorte que Mark ne comprit pas un traître mot de ce qu'on lui disait.

« Heu, vous parlez anglais ? demanda-t-il, en étouffant sa voix.

— Que puis-je faire pour vous ? » La dame avait répondu en anglais et Mark eut l'impression qu'elle retenait un bâillement.

« Je voudrais la chambre 427, s'il vous plaît.

— Une minute, je vous prie. »

D'autres clics s'ensuivirent et le téléphone se remit à sonner. Le temps que ça prenait ! Wallace ou Henry risquaient de débouler d'un moment à l'autre. Mais qu'avait donc son père à ne pas répondre ! C'était quand même la nuit, là-bas !

« Allô, répondit enfin une voix d'homme, groggy.

— Papa ?

— Mark ?

— Oui. Excuse-moi de te réveiller en pleine nuit.

— Oh, ouais. Il y a quelque chose qui ne va pas ? Tout va bien ?

— Papa, il faut que tu reviennes très vite, dit Mark à voix basse.

— Quoi ?... Pourquoi ? Qu'est-ce qui ne va pas ?

— C'est Henry, il fait des choses. Des choses mauvaises. Des choses terribles...

— Quoi, "terribles" ? ? demanda Jack.

— Il réussit à tromper tout le monde. Ils croient tous qu'il est super, mais il est... le mal, tu sais.

— Eh, Mark, pas si vite. Tu as dit : "le mal" ?

— Ouais.

— Explique.

— Il a tué un chien avec une machine qu'il a fabriquée tout seul et qui tire des crampons. Il a causé un accident de voitures qui aurait pu tuer plein de gens. Et hier, il a essayé de tuer Connie.

— Quoi ? De tuer Connie ? Mark, est-ce que Wallace est là ? Ou Susan ?

— Papa, il faut que tu m'écoutes, supplia Mark. J'ai essayé de leur parler, mais ils ne veulent pas me croire. Personne, alors que c'est vrai, je te jure !
— Et Alice Davenport ? »

Mark poussa un soupir.

« Je ne lui ai pas dit, papa, à quoi bon, elle est déjà persuadée que je suis un enfant à problèmes. »

Pendant un moment, le silence s'établit sur la ligne et Mark n'entendit plus que de vagues bruits de voix quelque part ailleurs dans le monde.

« Mark, dit son père, quand est ton prochain rendez-vous avec Alice ?
— J'en ai un aujourd'hui », fit-il, sur un ton qui ne cachait rien de son désappointement.

« Je veux que tu dises à Alice ce que tu viens de me dire. Tu me comprends ?
— Oui, bien sûr », dit Mark d'une voix où il mit toute la déception dont il était capable, pour bien faire comprendre à son père ce qu'il ressentait.

« Bien. »

Jack avait pris un tel ton pour lui répondre que Mark se dit qu'il avait bien plus envie de raccrocher et de se remettre à dormir que d'écouter son fils. Il insista :

« Papa ?
— Oui, Mark ?
— Quand tu crois que tu seras de retour ?
— Bientôt, Mark. Dès que je pourrai.
— Tu me crois, papa ? »

Son père hésitait à répondre, et Mark en conclut que selon toute vraisemblance, lui non plus ne le croyait pas. D'ailleurs, pour toute réponse, Jack lui répéta :

« Je serai de retour dès que je le pourrai.
— Fais vite, papa, d'accord ?
— J'essaierai.
— Dis-moi que tu me le promets.
— Oui. Je te promets de tout faire pour revenir le plus vite possible.

— Merci, papa. Et excuse-moi encore de t'avoir réveillé.
— C'est pas grave. Mais dis bien à Alice Davenport tout ce que tu m'as raconté. C'est important. »

Ils se dirent au revoir et raccrochèrent. Mark gardait l'impression que son père n'avait pas eu l'air de savoir s'il devait le croire ou non. « Enfin !... se dit-il. En tout cas, il sera bientôt de retour. »

Un peu plus tard, tout en se rendant chez Alice Davenport, Mark repassa dans sa tête ce qu'il allait lui dire. Il commencerait à partir du tout début. S'il le fallait, il lui demanderait de retrouver le maître du chien qu'Henry avait tué. Peut-être aussi arriverait-il à la convaincre aussi d'aller rapporter à la police l'accident de voitures et Monsieur Autoroute.

Mark entra dans la maison, encore absorbé dans ses pensées. La porte qui menait au bureau d'Alice était ouverte, un bruit de voix en sortait. Il eut une seconde d'hésitation, certain de ne pas s'être trompé d'heure de rendez-vous. Le rire d'Alice lui parvint.

A peine entré dans le bureau, il s'immobilisa. Il y avait quelqu'un assis dans le fauteuil, dos à la porte, et il devina tout de suite de qui il s'agissait.

« Mark, te voilà ! Je suis contente de te voir ! » l'accueillit Alice en lui adressant un sourire.

« Coucou, Mark ! »

C'était Henry, tout sourires lui aussi, et qui se penchait par-dessus le bras du fauteuil, pour lui faire un petit signe.

Mark en resta éberlué, se demandant s'il ne rêvait pas et pour quelles raisons Henry se trouvait là.

La réponse lui sauta aux yeux : son cousin était venu à seule fin de contrecarrer ses plans ; ce sale mec n'était pas seulement mauvais, il était dangereusement malin !

« Entre, dit Alice, assieds-toi ! »

Mark resta sur place, fixant Henry.

« Qu'est-ce que tu fiches ici, toi ?
— Voyons, Mark, dit Alice, Henry est venu parce qu'il voudrait être utile. Il m'a dit que vous aviez eu tous les deux quelques problèmes, ces temps-ci. »

Avec une expression d'incrédulité totale, Mark dévisagea la psychothérapeute.

« Quoi ? Mais c'est lui, le problème !

— Allons, Mark, voyons, dit-elle gentiment. Tu sais bien qu'une histoire a toujours deux versions. Assieds-toi plutôt, et à nous trois, nous allons essayer de démêler les choses en nous efforçant de garder la tête claire. »

Mark voyait déjà comment se terminerait la séance : Henry gagnerait une fois de plus sur tous les tableaux. Son cousin était beaucoup trop roublard pour lui.

« Laissez tomber ! s'écria-t-il. A quoi ça servirait, vous êtes déjà de son côté.

— Je ne prends pas parti, dit Alice en fronçant les sourcils.

— Bien sûr que si ! D'ailleurs je viens de vous entendre rigoler tous les deux. Il vous a eue aussi, comme il a tout le monde.

— Mark, je t'en prie, ici personne ne peut avoir personne !

— Oh, fichez-moi la paix ! »

Il tourna les talons et s'enfuit, claquant la porte du bureau derrière lui.

« Mark, attends ! » le rappela Alice.

Ce fut la porte d'entrée qui claqua.

« Oh ! là ! là ! » soupira Alice, sur le ton de quelqu'un qui vient d'être remis à sa place.

« Je suis désolé, dit Henry. Je n'avais pas l'intention de créer un problème.

— Ce n'est pas ta faute, fit Alice. Mark passe par un moment difficile, un moment vraiment très dur.

— Il a... quelque chose ? demanda Henry.

— Qu'est-ce que tu veux dire ?

— Heu... » Henry haussa un peu les épaules en se tortillant sur son siège à la manière de quelqu'un qui se sent mal à l'aise.

« De quoi s'agit-il, Henry ?

— Je ne suis pas sûr que je devrais le dire.

— C'est à toi de décider, Henry, répliqua Alice. Mais je dois admettre que j'ai du mal à arriver jusqu'à lui. Tout ce que tu me dirais pourrait arranger les choses.

— Vous êtes sûre ? demanda Henry, la voix empreinte d'innocence.

— Oui. »

Henry prit une profonde inspiration et expira avec lenteur.

« Eh bien... C'est sa manière d'être quand il est seul. Il y a des fois où ça me fiche la trouille.

— Comment ça ? Qu'est-ce qu'il fait ? »

Henry s'affaissa un peu sur son siège et se mordit la lèvre pour se donner une contenance gênée.

« Je ne pense pas que je devrais vous le dire.

— Pourquoi ?

— Parce que Mark est mon ami. Je veux dire que même si on se dispute, je continue à bien l'aimer, quoi.

— Sauf quand il te fait peur ? dit Alice.

— Ben... ouais. »

Alice se pencha en avant.

« Écoute-moi, Henry. Tout ce que tu pourras me dire au sujet de Mark sera bon pour lui, ça ne lui fera pas de mal. Ce n'est pas le trahir, c'est lui rendre service. S'il te plaît, Henry, dis-moi tout.

— Tout ? » demanda Henry en fronçant les sourcils, réussissant à donner l'illusion parfaite qu'il était en proie à un grave conflit intérieur, alors que la joie du triomphe l'irradiait jusqu'au plus profond de son cœur. Il se mit à raconter à Alice tout ce qu'il voulait qu'elle sût.

Mark était assis tout en haut de l'arbre, sur la plate-forme. Les murs et le toit de la cabane n'avaient pas encore été montés et il pouvait suivre le passage des nuages dans le ciel.

Il devait réfléchir, trouver un moyen de résoudre le problème "Henry". Jusque-là, c'est lui qui avait été honnête et Henry plein de duplicité. Et qui gagnait ? Henry !

Il était peut-être temps que cela change.

Il entendit une respiration. Il se pencha par-dessus le

rebord de la plate-forme et vit que son cousin était en train de grimper dans l'arbre. Un moment plus tard, celui-ci, tout souriant, effectuait un redressement et se hissait à son tour sur les planches.

« Tu as vraiment raté une séance intéressante », dit-il avec un sourire moqueur. « Tu sais, je crois que j'aime bien la psychothérapie.

— Qu'est-ce que tu lui as dit ? demanda Mark d'une voix plutôt fraîche.

— Désolé, c'est strictement confidentiel, répliqua son cousin.

— Tu ferais mieux d'arrêter de dire des mensonges sur moi, parce que personne ne te croira.

— Ce ne sont pas des mensonges !

— Si, et tu le sais aussi bien que moi.

— Prouve-le !

— Tôt ou tard, ils découvriront qui tu es, dit Mark. Tu ne t'en sortiras pas toujours aussi facilement.

— Qui ça, ils ? demanda Henry. Ma mère, mon père ?

— J'ai parlé à ta mère. »

La nouvelle ne parut pas impressionner Henry le moins du monde.

« Et alors, pourquoi devrait-elle te croire ? C'est ma mère, pas la tienne ! »

"Ah, tu veux jouer au plus fin ? Eh bien, je vais m'y mettre aussi", pensa Mark et il ajouta, tout haut :

« Tu te trompes ! C'est ma mère. »

Le visage d'Henry se tordit.

« De quoi tu parles ? La tienne de mère, elle bouffe les pissenlits.

— Je te dis que c'est ma mère. »

Mark se leva, Henry fit de même. Les deux garçons se faisaient face, debout sur la plate-forme. Mark poursuivit :

« Avant de mourir, ma mère m'a donné un signe et m'a promis de revenir. Je me demandais comment elle s'y prendrait, maintenant je sais. Elle a choisi ta mère. Ce sont des choses que tu ne peux pas comprendre, Henry, mais Susan est ma mère. »

Mark voyait bien que la nouvelle ne laissait pas Henry indifférent. Son cousin le regardait par en dessous, l'air désorienté. Mark avait lancé cette phrase uniquement pour le faire marcher, mais une chose étrange se produisait en lui : à peine avait-il eu prononcé ces mots, qu'il avait senti qu'il avait dit la vérité. En effet, c'était l'exacte vérité et c'était bien qu'il en soit ainsi. Il voulait que Susan soit sa mère et elle, elle méritait bien d'avoir un fils meilleur qu'Henry !

Celui-ci, cependant, continuait de regarder Mark, l'air perplexe.

« T'es fou, Mark, tu sais ? finit-il par dire.

— C'est ma mère, Henry », répliqua celui-ci avec assurance, tout en passant devant son cousin pour atteindre le bord de la plate-forme. « Tu n'y peux rien, c'est comme ça ! »

Il se glissa par-dessus bord et prit pied sur la première branche. Au-dessus de lui, Henry présentait un visage glacé. Sérieux. C'était la première fois que Mark le voyait faire cette tête.

« Tu as dit quelque chose ? lui lança-t-il, sûr de lui.

— Si tu me cherches, tu vas me trouver ! » finit par dire Henry.

Pour toute réponse, Mark lui adressa le plus charmant des sourires et entreprit de redescendre à terre.

VINGT ET UN

C'était la nuit. Le vent sifflait dans les arbres et faisait voler la neige fraîche, la balayant en congères contre la maison. Les branches dénudées, tels des doigts de squelette, grattaient et tapaient contre les vitres.

Tout d'un coup, Mark se réveilla dans la chambre qu'il continuait de partager avec Henry. Il regarda autour de lui. Malgré l'obscurité, il remarqua que le lit de son cousin était vide. "Il est en train de faire un mauvais coup", se dit-il, convaincu de ne pas se tromper. A cette pensée, son estomac se noua et, malgré tout le désir qu'il avait de rester en sécurité, bien au chaud dans son lit, il se sentit obligé de se lever. Il sortit dans le couloir.

Les lampadaires de la rue éclairaient le palier de ternes rayons, faisant ressortir des ombres... mouvantes... lentes... menaçantes.

Il se tint un moment sur le palier de l'étage, sans faire de bruit. Henry pouvait être n'importe où dans la maison. Mais surtout, il pouvait être en train de faire n'importe quoi ! Mark décida de vérifier en premier que les autres allaient bien. Il prit le couloir. Les ombres sur les murs grandissaient au fur et à mesure qu'il avançait, et il ne se sentait pas rassuré. Qu'il les haïssait, ces ombres impalpables !

Il regrettait son lit, mais il se disait qu'il ne pourrait jamais s'endormir, sachant Henry en cavale. Il avança jusqu'à la chambre de Susan et de Wallace et tendit l'oreille.

Rien.

Il ouvrit tout doucement la porte. Il réussit à distinguer dans le noir les contours de leurs corps sous la couverture. Wallace grogna et marmonna quelque chose dans son sommeil. "Cette chambre n'a pas été visitée", se dit Mark, et il se retira. Il essaya la chambre de sa cousine. Susan l'avait ramenée de l'hôpital cet après-midi et Connie était vite redevenue une petite fille comme les autres, qui jouait, riait, se battait avec son frère et, surtout, qui paraissait avoir tout oublié de l'horrible choc de la veille.

Elle aussi avait l'air profondément endormi, et sa chambre ne semblait pas avoir été visitée non plus.

"Où est donc Henry, alors ?" s'inquiéta Mark.

Il retourna sur le palier. L'idée de ce type en liberté et se sachant loin de tout regard lui fichait la trouille. Son cœur battait à grands coups et, bien qu'il ne fît pas chaud dans la maison, il sentait la transpiration perler à son front.

Il resta un moment en haut de l'escalier, à tenter de déchiffrer le silence. Au début, il n'entendit rien d'autre que le vent et les arbres qui cognaient aux carreaux. Puis, un petit coup bref lui parvint : ce n'était pas un bruit de branches contre des vitres. Non, c'était un raclement de verre contre du verre, et cela avait l'air de venir de la cuisine.

Il descendit au rez-de-chaussée. La première chose qu'il aperçut du seuil, fut la lumière qui sortait du réfrigérateur laissé ouvert et qui éclairait la pièce d'une lueur menaçante. Il regarda autour de lui, cherchant à découvrir où était son cousin, mais il ne vit personne.

Il s'approcha à pas de loup du réfrigérateur et regarda à l'intérieur.

Tout avait l'air normal.

« T'as un petit creux ? »

Mark se retourna d'un bond. Henry se tenait juste derrière lui, le visage blanchâtre dans la lumière pâle du réfrigérateur.

« Vas-y, dit Henry. Sers-toi. Ne te gêne pas pour moi. »

Mark le regarda fixement, essayant d'apaiser les battements de son cœur. Il avala sa salive et inspecta à nouveau le réfrigérateur. Henry préparait un mauvais coup, cela ne faisait aucun doute.

« Qu'est-ce que tu as fait ? le questionna-t-il sur un ton qui exigeait une réponse.

— Fait ? Moi ? » demanda Henry avec la plus parfaite innocence. « Oh, je vois. Tu crois que j'ai mis quelque chose dans la nourriture de la famille. »

Mark jeta un rapide coup d'œil au contenu du réfrigérateur et fixa de nouveau son cousin.

« Et alors, c'est ce que tu as fait ?

— Allons, Mark, voyons ! répliqua Henry avec ses minauderies habituelles. Me croirais-tu capable de faire une chose pareille ? »

"Et si cette réponse était un piège ? se dit Mark. Avec Henry, on ne sait jamais. C'est justement ça, le problème."

Il saisit une boîte de jus d'orange et en ouvrit le haut. Il renifla.

Ça sentait bien le jus d'orange. Mais qu'est-ce qu'il y connaissait, lui, aux odeurs de poison !

"Et si, après tout, ce n'était pas un piège ?"

De toute façon, Mark ne pouvait se permettre le moindre risque. Pas avec Henry.

Il alluma la lumière de la cuisine et se précipita vers l'évier pour y verser le jus d'orange.

Voilà ! Fini, le jus !

Il se retourna et dévisagea son cousin. Celui-ci, les bras croisés, hochait la tête, l'air plein de suffisance.

Alors seulement vint à l'esprit de Mark une évidence toute simple : Henry avait pu empoisonner autre chose ! Il scruta de nouveau les étagères. En fait, Henry pouvait avoir mis du poison dans n'importe quoi. Dans tout, aussi bien !

Il ne restait qu'une chose à faire, tout virer à la poubelle ! Il saisit le carton de lait et un pot de fromage blanc et les porta près de l'évier. Puis il empoigna la bouteille de jus de pomme et une boîte de sauce tomate entamée.

Il pouvait y avoir du poison dans n'importe quoi !

En un tournemain, le réfrigérateur fut vidé. Mark versa les liquides dans l'évier, éclaboussant son pyjama. Puis il mit en route le broyeur et entreprit d'y jeter les restes, faisant gicler des morceaux de nourriture tout autour de l'évier et sur le buffet, pour ne rien dire de son pyjama.

Comme des aliments restaient collés au fond de leur récipient, il prit une cuiller en bois pour les faire sortir. Moutarde, ketchup, toutes les confitures disparurent ainsi dans le broyeur, laissant chaque fois de nouvelles traces sur son pyjama.

« Mark ! »

Il regarda par-dessus son épaule. Susan et Wallace, l'air endormi, se tenaient sur le seuil, stupéfaits. Derrière eux, Henry présentait un visage où se peignait la sollicitude attristée.

« Oh, Mark ! » Susan l'avait pris par les épaules et l'arrachait à l'évier. « Nous voulons t'aider. Je sais combien ta maman te manque. Je sais combien c'est dur pour toi... »

"Ils ne comprennent rien, ils ne comprennent vraiment rien. Ils croient que c'est d'avoir perdu maman qui me fait agir ainsi !"

Il montra du doigt Henry, près du réfrigérateur.

« Vous ne comprenez pas, s'écria-t-il. C'est Henry. Il essaie de vous empoisonner ! »

Susan se décomposa, touchée au plus profond de son cœur.

« Mark, je t'en prie... »

Ils ne le croyaient pas. Ils pensaient que c'était lui qui était *dingue*, et Henry, pendant ce temps, jouant son rôle à la perfection, tirait son père par la manche et prenait une voix de petit garçon effrayé pour dire :

« Papa, j'ai peur. Est-ce qu'il faut vraiment qu'il dorme dans ma chambre ? »

Mark vit que la question troublait son oncle. Wallace lançait un coup d'œil interrogateur à Susan et faisait un pas vers lui. Il lui posait la main sur l'épaule et disait d'une voix où perçait le désappointement et un peu d'agacement aussi :

« Allez, viens, nous allons te nettoyer tout ça. »

Mark fit un pas en arrière.

« Vous ne comprenez pas. Vous ne comprenez vraiment rien. Il a essayé de tuer Connie. Et maintenant, il avait bien l'air de vouloir vous empoisonner. C'est pour ça que j'ai tout vidé dans l'évier. Je ne voulais pas prendre de risques !

— Ça suffit, jeta Wallace sur un ton sévère. File dans la salle de bains immédiatement. Et que ça saute ! »

Il n'avait plus qu'à obéir. Pendant tout le trajet jusqu'à la salle de bains, il s'évertua à expliquer sa conduite. Mais c'était inutile, Wallace se fichait éperdument qu'Henry ait voulu empoisonner toute la famille. Et il finit par se taire.

Wallace attendit dans le couloir que Mark se lave et mette un pyjama propre. Puis il le conduisit dans la chambre de Richard. Avec tous ces petits objets qui avaient appartenu à un enfant mort, cette pièce avait quelque chose d'angoissant et Mark était effrayé à l'idée de devoir y passer la nuit. Il s'assit sur le petit lit et leva les yeux vers son oncle, resté debout dans la porte.

« Nous parlerons demain matin, dit Wallace en bâillant.

— A quoi bon ? répliqua Mark, bouillant de frustration. Puisque personne ne me croit. »

Wallace lui lança un drôle de regard et referma la porte.

"Heureusement qu'il n'y a pas de clef, se dit Mark, sinon j'aurais eu toutes les chances de me retrouver enfermé."

Il se sentait complètement défait. Dans le genre pervers, son cousin était vraiment champion !

Les bras croisés, serrés contre sa poitrine, Susan attendait Wallace devant la porte de leur chambre. Elle se sentait inquiète et remarqua pour la première fois les ombres qui se mouvaient sur le palier, les trouvant sinistres et s'étonnant de ne s'en être jamais rendu compte auparavant.

« Comment est-il ? » demanda-t-elle à Wallace lorsque celui-ci l'eut rejointe.

« Je ne sais pas quoi dire. Il a vraiment l'air furieux.

— Qu'est-ce que tu penses de la scène à la cuisine ? demanda Susan. Et son histoire d'Henry qui aurait voulu tuer Connie ?

— C'est incompréhensible, dit Wallace en soupirant. Et je ne vais pas essayer de me l'expliquer.

— Qu'est-ce qu'on va faire ?

— Jack doit rentrer dans quelques jours. Essayons de limiter les dégâts jusque-là. »

Wallace voulut entrer dans sa chambre, mais elle tendit le bras pour l'empêcher de passer.

« Attends !

— Quoi ? »

Susan voyait bien que Wallace n'avait qu'une envie : se remettre au lit, mais elle se sentait préoccupée et voulait parler avec lui.

« Pourquoi Mark est-il persuadé qu'Henry a empoisonné la nourriture, d'après toi ?

— Je ne suis pas devin, répondit Wallace en hochant la tête.

— Mais...

— Nous en parlerons demain matin », dit Wallace en entrant dans la chambre.

Le couloir étant dégagé, Susan aperçut Henry tout d'un coup. Il se tenait dans l'embrasure de la porte de sa chambre et avait dû entendre toute leur conversation. Cela lui déplut. En outre, il arborait un sourire radieux, tel un hôte heureux et fier de constater le succès de sa réception. Ce sourire l'ébranla.

« Henry, au lit ! » lui jeta-t-elle.

Le garçon recula vivement dans sa chambre. Susan tourna les talons et rentra dans la sienne, profondément troublée par les événements de la soirée.

Les questions se pressaient dans sa tête. Qu'est-ce qui avait bien pu pousser Mark à se conduire d'une manière si bizarre ? Et pourquoi Henry souriait-il ainsi ? D'étranges souvenirs lui revinrent en mémoire. Le sourire d'Henry, aperçu dans le petit miroir de la chambre de Richard, sa manière de se faufiler dans la chambre de Connie à l'hôpital et de fixer le moniteur cardiaque. Et Connie qui avait failli se noyer ! Sa fille avait beau être encore petite, elle était raisonnable. Pour quelle raison avait-elle patiné de l'autre côté de la barrière et pourquoi Henry ne l'en avait-il pas empêchée ?

Susan se mit au lit. Wallace ronflait déjà. Elle fixa le plafond dans le noir, sachant qu'elle ne retrouverait plus le sommeil.

Il se passait quelque chose avec Henry et elle en était bouleversée.

Elle comprenait bien que la mort de Janice avait dû rendre Mark très malheureux, mais il n'avait aucune raison d'affirmer qu'Henry avait voulu noyer sa sœur.

Ni de croire qu'Henry voulait tous les empoisonner.

Quinze centimètres d'eau, se rappela-t-elle...

VINGT-DEUX

Le lendemain matin, Susan se rendit au garage où Henry menait ses "expériences". Cela faisait des années qu'elle n'y avait pas mis les pieds, depuis que son fils en avait fait son domaine, non pas qu'il lui en eût jamais interdit l'accès spécifiquement, mais il était entendu que le garage était son lieu privé. A vrai dire, Susan n'avait pas prêté attention à la chose, considérant qu'il s'agissait d'un jeu, d'une lubie de petit garçon innocent. Les événements de ces derniers jours, l'incitaient à se poser des questions et, mue par une sombre suspicion dont elle ne comprenait pas bien la cause, elle ouvrit la porte et pénétra à l'intérieur du garage.

L'endroit, encombré d'objets étranges et de boîtes remplies de pièces détachées, lui parut froid et figé. Ce n'était pas les premiers appareils fabriqués par Henry qu'elle voyait, elle avait déjà vu ceux qu'il avait construits dans sa chambre, mais ceux-là lui semblèrent particulièrement bizarres et sinistres. Incompréhensibles. Elle en fit le tour précautionneusement, comme un visiteur dans un musée, attentive à ne rien déranger.

Une chose curieuse, qui saillait d'une boîte posée à même le sol, attira son regard. Elle s'en saisit. C'était une sorte de masque fabriqué à partir d'un petit abat-jour, un objet étrange, certes, mais pas au point qu'elle dût s'en inquiéter. Elle le remettait en place lorsqu'elle aperçut autre chose dans la boîte. Elle tira ; une petite baleine de caoutchouc lui vint dans les mains.

La baleine de Richard !

Elle avait mis la maison sens dessus dessous, après la mort de son petit garçon, pour retrouver ce joujou auquel elle tenait, sans qu'elle sût s'en expliquer la raison, et qu'elle voulait conserver. Que faisait ici la petite baleine, dans les affaires d'Henry ? Une sensation très déplaisante s'empara d'elle.

« Maman ? »

Henry venait d'entrer. Susan se retourna brusquement, comme un enfant pris la main dans le pot de confiture. Elle fourra vite la baleine dans sa poche.

Henry fit quelques pas à l'intérieur ; il avait les joues rouges de froid et portait une luge de plastique sous le bras.

« Qu'est-ce que tu fais ici ? » demanda-t-il d'une voix étrangement calme, tandis que ses yeux scrutaient alentour pour voir si rien n'avait été déplacé.

« Je regardais, simplement », dit Susan à qui le regard inquisiteur de son fils n'avait pas échappé.

Elle se détestait de mentir à Henry, de le tromper, et pourtant, cette conduite lui parut bizarrement la seule à tenir.

Henry posa sa luge par terre et alla à son établi. Là, il se mit à ranger des outils et à en suspendre d'autres aux crochets d'une planche. Il semblait remarquablement maître de lui.

Bien trop maître de lui.

Susan s'éclaircit la gorge.

« Henry, si quelque chose n'était pas bien, tu me le dirais, n'est-ce pas ? » fit-elle, en avançant de quelques pas pour lui poser la main sur l'épaule.

Henry se recula, l'air de chercher un outil, puis il demanda :

« Qu'est-ce que tu veux dire ? »

La chose n'était pas facile à exprimer et Susan ne savait pas très bien de quelle manière amorcer la conversation qu'elle voulait avoir avec lui.

« Eh bien, parfois... quand nous sommes des enfants... nous faisons des choses...

— Quelles choses ?

— Des choses dont nous ne sommes pas... contents. »

Henry la regarda.

« Je n'ai rien fait dont je ne me sente pas content », dit-il sans l'ombre d'une hésitation, de l'air le plus honnête du monde.

Susan sortit de sa poche la petite baleine.

Henry laissa paraître une légère stupéfaction, puis aussitôt se buta.

« Où est-ce que tu l'as trouvée ?

— Tu le sais très bien », répliqua Susan.

Henry se détourna. La conduite de son fils, qu'elle ne pouvait s'expliquer, blessait profondément Susan. Elle fit quelques pas vers lui.

« Je l'ai cherchée partout après l'accident de Richard. Et c'est toi qui l'avais prise ? Et qui l'as gardée tout ce temps ! »

Henry marmonna quelque chose et Susan demanda :

« Tu veux répéter ce que tu viens de dire ? »

Il leva la tête vers elle.

« J'ai dit qu'elle était à moi, avant d'être à Richard. »

Elle fut éberluée de cette réponse, ce n'était qu'un petit joujou si insignifiant !

« Mais tu savais que je la cherchais partout ? dit-elle.

— Et alors ? »

La réaction d'Henry bouleversa Susan. Tout à la fois blessée, inquiète et effrayée, elle était incapable de mettre en ordre ses sentiments. Elle comprit subitement que c'était une question bien particulière qui la tourmentait ainsi ; elle la posa :

« Comment l'as-tu trouvée ? »

Henry eut un mouvement d'épaules et ne répondit pas.

« Réponds-moi ! cria-t-elle d'une voix stridente. Richard l'avait dans son bain. Comment l'as-tu trouvée ? »

Il lui lança un regard innocent.

« Je l'ai prise.

— Tu l'as prise ? répéta Susan, toujours sans comprendre. Quand ? Comment ? »

Avec un air contrit, Henry avoua :

« Je l'ai prise... parce que je voulais garder quelque chose qui me rappelle Richard. »

Susan se souvenait parfaitement que Richard avait la baleine dans son bain, le jour de l'accident. Et quand elle avait trouvé son fils à plat ventre *dans quinze centimètres d'eau*, elle ne s'était, bien sûr, pas préoccupée de la baleine. Mais après, bien plus tard, à chaque fois qu'elle avait repassé dans sa tête les moindres moments du drame, elle n'avait plus jamais revu la baleine dans la baignoire. Ainsi, c'était Henry qui l'avait prise.

Mais quand ? A quel moment ?

Henry tendit la main et demanda d'une voix tendre :

« Je peux la ravoir, s'il te plaît ?
— Non ! » répliqua-t-elle froidement.

Il n'était pas question que cette baleine reste un instant de plus entre les mains de son aîné. Cette histoire était louche, très louche !

A sa plus grande stupéfaction, elle vit les yeux d'Henry s'étrécir jusqu'à ne plus former que deux toutes petites fentes.

« C'est à moi ! siffla-t-il, en avançant sur elle.
— Henry ! » s'écria-t-elle, faisant un pas en arrière, totalement ahurie, effrayée même. Comment Henry, son garçon de douze ans, pouvait-il se comporter de la sorte, comment faisait-il pour changer ainsi du tout au tout en l'espace d'une seconde ?

« Rends-la-moi ! » hurlait-il.

Il attrapa la baleine et tira de toutes ses forces pour la lui arracher des mains, mais Susan la tenait fermement. Pendant une seconde, ce fut une lutte acharnée. Finalement, Henry réussit à s'en emparer violemment et la tint serrée contre lui.

Éberluée, le souffle court, Susan dévisageait son fils. Henry la fixait aussi, le visage devenu étrangement inexpressif, quoique sur ses gardes.

« Qui es-tu ? explosa-t-elle.
— Ton fils ! » répliqua-t-il avec un léger sourire. Et il tourna les talons.

Il quitta le garage sans qu'elle n'eût même eu le temps de trouver une réplique. Elle le regarda s'éloigner, horrifiée de cette scène et de tout ce qu'elle impliquait.

La baleine...

Richard...

Quinze centimètres d'eau.

Non, se dit-elle. C'est impossible. Henry ne pouvait pas avoir fait cela. C'était son fils. Le grand frère de Richard. Il n'aurait jamais fait cela !

Sorti dehors, Henry fut ébloui par le reflet du soleil sur la neige après l'obscurité du garage, il cligna les yeux. Il sentit la baleine de caoutchouc dans sa main et la regarda. Elle lui fit peur. Alors qu'il en avait eu tellement envie, la minute précédente !

Richard...

Il devait se défaire de ce jouet sur-le-champ !

Il s'élança à travers bois, courant dans la neige aussi vite que ses jambes pouvaient le porter, filant si vite parmi les arbres qu'il n'en voyait que des contours imprécis, aspirant l'air glacé à longues goulées haletantes. La baleine lui brûlait la paume de la main.

Il fallait qu'il s'en débarrasse !

Il courait dans la neige, à travers les branches, à travers les buissons. Il courut jusqu'à ce qu'il atteignît le cimetière et ne s'arrêta qu'une fois arrivé au puits. Là, il déplaça violemment le couvercle et, scrutant le noir un long instant, il jeta la baleine tout au fond. Il attendit qu'un bruit de chute dans l'eau parvienne jusqu'à lui et se laissa alors tomber le long du mur, hors d'haleine. Ça y était ! Il s'en était débarrassé ! Il ne l'avait plus et sa mère ne l'aurait pas non plus !

Ainsi, « *cela* » n'aurait jamais existé !

Susan avait pris la voiture pour aller chez Alice Davenport. L'affaire était devenue trop sérieuse, trop énorme, pour qu'elle pût fermer les yeux. Tout en conduisant, elle tentait de mettre en ordre ses pensées et ne parvenait à freiner ses soupçons au sujet d'Henry qu'en se disant qu'elle allait forcément découvrir une bonne explication, quelque chose qu'elle ignorait encore.

Il y avait *nécessairement* une explication.

Pourtant, elle devait bien admettre que lorsqu'elle avait découvert Richard, la baleine ne se trouvait plus dans la baignoire, elle pouvait en mettre sa main au feu. Enfin, presque.

Quoi qu'il en fût, pour ce qui était de la baleine, toute la famille était au courant qu'elle la cherchait partout et voilà qu'elle découvrait aujourd'hui que c'était Henry qui l'avait subtilisée !

Et cela signifiait, même si l'accident survenu à Richard n'était, pour reprendre l'expression de Wallace, qu'un de ces accidents improbables, qu'Henry était entré dans la salle de bains pendant qu'elle parlait au téléphone. Et cela, c'était un fait nouveau, un fait auquel elle n'avait jamais songé auparavant. C'était surtout un fait plus que troublant.

Elle allait jusqu'à se dire que, si Henry avait fait ce qu'elle redoutait, alors les accusations portées par Mark à propos de l'accident de Connie pouvaient très bien être l'exacte vérité !

Et dans ce cas, l'étrange comportement de son neveu, la veille, dans la cuisine, prenait tout son sens !

Non, se disait-elle en même temps. Ce n'est pas possible, Wallace et moi avons toujours été de bons parents ! Nous avons toujours donné ce qu'il y a de mieux à nos enfants. Et moi, je ne peux pas avoir donné la vie à une créature aussi malfaisante !

Susan avait appelé Alice Davenport pour lui demander de la recevoir de toute urgence, et celle-ci l'attendait sur le perron, tenant la porte ouverte pour elle.

« Vous allez bien ? demanda-t-elle, tandis que Susan entrait dans la maison.

— Non ! »

Susan traversa l'entrée et alla tout droit dans le bureau d'Alice. Elle se planta devant la fenêtre. D'ici, la vue sur l'océan était presque identique à celle qu'elle aimait contempler du haut de la falaise.

« Susan, qu'y a-t-il ? dit Alice en fermant la porte de son bureau. Qu'est-ce qui ne va pas ? C'est un des garçons ? »

Susan essaya de se calmer en prenant une profonde inspiration. Maintenant qu'elle était avec Alice, elle n'osait plus poser sa question, terrifiée de recevoir la réponse qu'elle craignait. Restant face à la fenêtre, elle demanda, d'une voix qu'elle parvint malgré tout à contrôler :

« Alice, dites-moi, est-il possible qu'un enfant naisse... je ne sais pas... avec quelque chose qui manque ?

— Qu'est-ce que vous voulez dire ? » demanda Alice, fronçant les sourcils pour tenter de déchiffrer le sens de la question.

Comprenant qu'elle s'était exprimée de telle manière qu'Alice avait pu croire qu'elle parlait tout bonnement d'un nez ou d'une jambe, Susan formula différemment sa question et demanda, en se retournant pour regarder la psychologue :

« Je veux dire, est-il possible qu'un garçon soit incapable d'éprouver certaines choses, certains sentiments, précisa-t-elle. Comme la culpabilité ?... Ou le remords ?

— Cela peut arriver, répliqua Alice en choisissant ses mots. Mais c'est un cas très rare.

— A supposer que ce soit le cas, justement, dit Susan, est-ce que vous seriez capable de découvrir qu'un enfant est comme cela ?

— Difficilement, dit Alice. Ces enfants-là apprennent très tôt à reproduire les émotions qu'ils ne ressentent pas. En fait, ils ont souvent l'air plus normal que des enfants normaux.

— Trop beau pour être vrai », murmura Susan pour elle-même, horrifiée. Ainsi, c'était *possible* !

Elle comprit soudain qu'elle ne pouvait plus se cacher les choses davantage : le puzzle était recomposé et chaque petit morceau, qui était une preuve, collait parfaitement !

« Cela fait vingt ans que je pratique et je n'ai jamais rencontré d'enfant comme ça », dit Alice, devinant la pensée de Susan. « J'ai seulement lu des articles sur des cas de ce genre. »

Alice voulait la mettre en garde contre des conclusions hâtives et Susan le comprit, mais dans son cas, les choses étaient bien différentes, toutes les preuves étaient là !

« Alice, il faut que je rentre, dit-elle en se dirigeant vers la porte.

— Attendez ! dit Alice.

— Je ne peux pas. Je vous rappellerai plus tard, je vous le promets, lança-t-elle, ouvrant déjà la porte.

— Susan, Mark n'est pas un enfant comme cela ! » dit Alice dans son dos.

Susan s'arrêta un instant.

« Oh, je le sais ! » répondit-elle.

C'était Henry qui était comme ça, c'était lui qui avait réussi à tromper tout le monde. Il fallait qu'elle rentre chez elle au plus vite !

Puisqu'il lui était impossible de protéger toutes les victimes possibles, Mark avait décidé de garder l'œil sur le criminel potentiel. Il avait donc surveillé Henry : il l'avait vu faire de la luge, ce matin, il l'avait vu entrer dans le garage et il l'avait vu courir comme un dératé jusqu'au cimetière. Maintenant, il montait la garde dans le couloir, posté devant sa chambre et, par la porte entrouverte, continuait de surveiller son cousin.

Celui-ci, planté devant le miroir en pied accroché à la porte de l'armoire, s'étudiait attentivement. Il resta un long moment à s'examiner ainsi, sans rien faire, puis lentement, une larme apparut dans son œil droit et roula le long de sa joue. C'était incroyable.

Enchanté de sa réussite, Henry s'adressa un sourire dans la glace.

Il essaie de se faire pleurer, pensa Mark.

Brusquement, Henry se retourna et les deux garçons se retrouvèrent face à face.

« Qu'est-ce que tu fais ? demanda Mark.

— Je pleure quelqu'un qui me manque.

— Qui ? »

Sans répondre, Henry se remit à fixer son image.

« Tu as pleuré à l'enterrement de ta mère ? demanda-t-il à brûle-pourpoint.

— Qu'est-ce que ça peut te foutre ! riposta Mark.

— Pour savoir, simplement ! dit Henry, avec un haussement de l'épaule. J'imagine qu'on est censé pleurer à l'enterrement de sa mère, c'est tout. »

L'enterrement de sa mère.

L'intention de son cousin lui apparut subitement dans toute son évidence. Mark fit irruption dans la pièce.

« Tu n'oserais pas !

— N'oserais pas quoi ? demanda Henry le plus innocemment.

— Lui faire du mal.

— Tu crois vraiment que je pourrais faire du mal à ma propre... » commença Henry. Puis il se reprit et sourit. « Oh, mais attends !

— Quoi ? demanda Mark.

— Je viens juste de me rappeler une chose. C'est plus ma mère, c'est la tienne. C'est bien ce que tu m'as dit ? Qu'elle était ta mère, à présent ?

— Exactement ! dit Mark.

— La tienne, la mienne, qu'est-ce que ça peut fiche ! dit Henry en faisant un clin d'œil. De toute façon, elle nous manquera à tous les deux. »

Mark s'était avancé, il saisit son cousin à la gorge.

« Je te tuerai avant ! s'écria-t-il, en voulant l'étouffer.

— Ce pauvre Mark ! se moqua Henry. Si violent, si perturbé. Fais attention, tu vas finir par te faire enfermer. »

Mark revit la scène de la veille près du réfrigérateur. Il sut tout de suite qu'Henry ferait comme d'habitude : il se débrouillerait pour que Mark soit considéré comme responsable de tout. Un déclic se fit en lui. D'une main, il attrapa un tournevis sur l'établi, et de l'autre, poussa Henry contre le mur, l'y maintenant de toutes ses forces.

« Je vais te tuer ! » hurla-t-il, en agitant le tournevis sous son nez.

Mais Henry ne montrait aucune résistance ; il souriait, au contraire, très calme, la tête rejetée en arrière et indiquait du doigt sa gorge offerte.

« Eh bien, vas-y, plante-le là, murmura-t-il. A l'endroit où j'ai mon doigt. »

C'était dit sans sarcasme pour une fois, ce n'était pas un défi, c'était l'expression d'un vrai désir : Henry voulait vraiment que Mark lui transperce la gorge.

Comme si cela lui était parfaitement égal !

« Allez, murmurait-il. Mais pousse très fort, hein. Le sang va gicler dans toute la pièce. Allez, vas-y ! »

Mark tremblait. Il était incapable de faire une chose pareille. Ce type avait beau être le mal incarné, lui, Mark, ne pourrait jamais le tuer.

Soudain, Henry tourna les yeux vers la porte et cria :

« Papa, papa ! A l'aide ! »

Mark eut juste le temps de tourner la tête que Wallace bondissait déjà sur lui et le tirait par le col en arrière, de toutes ses forces, lui faisant lâcher le tournevis.

« Qu'est-ce qui te prend ! cria-t-il, en secouant Mark brutalement. Réponds-moi ! Qu'est-ce qui se passe, ici ? »

Mark gardait le silence : à quoi bon se disculper ? Encore une fois, Henry avait gagné. Et d'ailleurs le voilà qui se ramenait, là, juste derrière son père, et qui disait benoîtement :

« Ça va, papa. Tu peux me croire ! Je ne suis pas blessé. Ne te fâche pas contre Mark. Il ne sait plus ce qu'il fait ! »

Wallace, l'œil étincelant, était trop occupé à gronder Mark pour remarquer le large sourire de son fils, un sourire de plaisir absolu.

« Je ne rigole pas ! Tu te rends compte que tu aurais pu faire très mal à Henry ?

— C'est lui qui veut faire du mal aux autres », s'écria Mark.

Il savait pertinemment que Wallace ne le croirait pas, mais il savait aussi qu'il ne pouvait plus garder le silence : maintenant Susan était en cause, car c'était elle qui devait être la prochaine victime, Mark, lui, l'avait bien compris, même si personne d'autre ne voulait l'admettre !

« Suis-moi ! » ordonna Wallace.

Il empoigna son neveu par le bras et le tira fortement jusqu'à la porte. Henry suivait et jouant toujours l'innocente victime, disait avec son sourire faussement charmant :

« Quel dommage que tu ne veuilles pas être ami avec moi, Mark ! »

Ce sourire va me rendre fou, pensait celui-ci, mais je ne laisserai pas tomber !

S'arc-boutant des pieds au tapis du couloir, il se mit à supplier son oncle :

« Il faut que tu me croies ! Henry va faire quelque chose. Il a dit qu'il...

— Ça suffit ! s'écria Wallace, en le tirant de plus belle. Je vais dire à Alice de venir immédiatement et nous allons régler cette question tous ensemble. En attendant, tu vas te tenir tranquille. C'est clair ? »

Mark fit oui de la tête. Puisque Wallace refusait de le croire, il allait trouver un autre moyen. Il allait s'échapper ! Il trouverait quelqu'un, n'importe qui, avec qui il pourrait parler, et qui le croirait !

Sentant la prise de Wallace se relâcher, il se libéra brusquement et s'enfuit dans l'escalier.

Il prenait ses jambes à son cou quand Connie, surgie devant lui, lui barra involontairement le passage. Il n'eut pas le temps de la contourner, Wallace l'avait rattrapé.

« C'est bon ! cria Wallace. Si c'est ça que tu cherches ! »

En un clin d'œil, son oncle lui fit redescendre l'escalier, le tirant et le portant tout à la fois, sous les yeux de Connie, un peu effrayée.

« Qu'est-ce qui se passe, papa ? Mark a fait quelque chose de vilain ?

— Il est juste un peu perturbé, c'est tout », dit Wallace, essayant de garder son calme pour ne pas angoisser la petite. « Ça va passer !

— Non, ça ne va pas passer ! hurlait Mark, en se débattant pour se dégager de la poigne de son oncle. Écoute-moi, je te dis ! »

Mais Wallace ne voulait rien entendre. Il réussit à emporter Mark jusqu'au rez-de-chaussée et à le traîner dans son bureau.

« C'est pour ton bien que je fais ça ! » lui dit-il.

En une seconde, la porte fut fermée à clef.

Pour mon bien ? Si seulement Wallace pouvait se douter de l'ironie de sa phrase !

« Non ! » Mark se mit à crier, en tapant de toute sa force contre la porte. « Laisse-moi sortir. Tu ne vois donc pas qu'il va la tuer ! »

Personne ne répondit.

Personne ne comprenait.

Personne ne voulait comprendre !

VINGT-TROIS

Mark arpentait le bureau comme un lion en cage, incapable de savoir depuis combien de temps il y était enfermé. Sachant Henry dehors, Dieu sait où ! alors que Susan n'était pas rentrée, il était fou d'inquiétude. S'il n'agissait pas très vite, un malheur allait lui arriver !

Il entendit une voiture monter le chemin. De la fenêtre où il se tenait, il vit sa tante en sortir. Susan, sa dernière chance, la seule personne qui, peut-être, voudrait bien le croire, était enfin de retour !

« Oh non ! » s'écria-t-il, voyant Henry surgir de derrière la maison et venir parler avec elle.

Impuissant, il les observait tous les deux : Henry parlait et Susan, l'air bouleversé, l'écoutait en secouant la tête. Puis Henry ajouta autre chose et Susan, après un instant d'hésitation, finit par faire un signe d'acquiescement ; Henry l'entraîna, la prenant par la main.

« Non ! N'y va pas ! C'est un traquenard ! Un piège ! » hurla Mark, tapant sur la fenêtre tout en essayant de l'ouvrir en même temps.

La fenêtre bougea de quelques centimètres et stoppa, bloquée par le système anticambriolage. Mark courut alors à la porte et la bourra de coups, hurlant à s'époumoner :

« Oncle Wallace ! Oncle Wallace ! »

Susan suivait son fils vers l'arrière de la maison.

Quelques instants plus tôt, sur le chemin, il lui avait

annoncé, avec son sourire de gentil petit garçon, qu'il avait décidé de se débarrasser de tous ses engins bizarres et de bien nettoyer le garage.

Maintenant convaincue, ou presque, qu'Henry n'était pas innocent de la mort de Richard, Susan ne pouvait plus croire un mot de ce qu'il racontait. Pourtant, quoi qu'il eût fait, il resterait toujours son fils. Écartelée dans un dilemme tragique, elle ne savait quelle conduite adopter. Elle savait seulement qu'elle voulait aller au fond des choses, une bonne fois pour toutes. Elle voulait connaître la vérité !

L'interrompant sèchement, elle avait dit qu'elle voulait avoir avec lui une conversation sérieuse. Henry lui avait alors proposé de faire ensemble la promenade qu'ils faisaient souvent quand il était petit. Elle avait accepté, car cette aventure lui déchirait le cœur, et aussi parce qu'elle ne voyait pas de risque à se promener avec lui.

Poussé par l'énergie du désespoir, Mark parvint à fracasser une vitre qui se brisa en milliers d'éclats étincelants au soleil. Il allait enjamber la fenêtre quand la porte s'ouvrit sur son oncle et Alice Davenport. Mark tenta de se glisser par le carreau, mais Wallace réussit à le ceinturer.

« Laisse-moi aller ! hurlait Mark. Il va la tuer, je te dis ! »

Il était immobilisé et Alice, à genoux devant lui, lui disait de sa voix la plus apaisante :

« Nous sommes là, Mark. Rien de mal ne va plus arriver !

— Mais non, vous ne comprenez pas ! criait le garçon en se débattant. Vous ne comprenez pas !

— Justement, on aimerait bien comprendre, disait Alice, mais c'est impossible, tant que tu te bats contre nous. Tu dois nous promettre de te tenir tranquille et de nous raconter tout. »

Il aurait juré n'importe quoi, pourvu que Wallace le lâche. L'heure n'était pas aux explications. Le temps qu'il fasse entendre ses arguments, Henry aurait sûrement tué Susan. Il cessa de se débattre et calcula sa fuite.

Alice leva les yeux vers Wallace et lui fit signe de le libérer.

« Je vais te lâcher, dit celui-ci, essoufflé de l'effort fourni pour maîtriser son neveu. Mais tu vas me promettre que tu ne chercheras pas à t'enfuir. D'accord ?

— Oui ! » fit Mark.

A peine eut-il senti Wallace desserrer son étreinte, qu'il s'élança comme un fou. Alice tenta en vain de lui barrer le passage. Il débloua dans l'entrée et se rua sur la porte. Il allait s'enfuir à fond de train, lorsqu'il tomba sur Jack, debout sur le perron, une valise dans une main, un attaché-case dans l'autre, l'air épuisé dans son imperméable tout froissé !

« Papa ! hurla-t-il, se précipitant vers lui.

— Mark ! s'écria Jack, ouvrant les bras à son fils.

— Dieu merci, tu es là ! s'exclama Wallace, en s'arrêtant juste derrière Mark.

— Qu'est-ce qui se passe ? » demanda Jack. Il était évident qu'il y avait un problème.

« Il y a que ça va plutôt mal ! dit Wallace.

— Mark est dans une extrême confusion, expliqua Alice. Il a voulu blesser Henry !

— Papa... ! murmura Mark, en tirant sur le manteau de son père.

— C'est vrai ? demanda Jack, se penchant vers lui.

— Pas du tout ! répliqua Mark, s'accrochant désespérément à son manteau. Je te jure que je suis dans mon état normal.

— Ah ça, sûrement pas ! dit Wallace.

— Ne les écoute pas ! » supplia Mark.

Son père l'examina. Excepté une certaine agitation, il ne remarquait rien d'anormal chez son fils.

« Tu te rappelles ce que tu m'as dit avant de partir, lui dit tout bas Mark. Tu as dit que tu savais que tout irait bien, parce que tu avais confiance en moi. Eh bien, crois-moi, maintenant.

— Jack, tu n'étais pas là, dit Wallace. Tu ne peux même pas imaginer ce qui s'est passé !

— Je t'en supplie, papa, il faut que tu me croies ! murmura Mark. Ce n'est pas du tout comme ça en a l'air. Ils se sont tous fait avoir. »

Jack resta un moment silencieux. Il connaissait son fils, Mark n'était pas du genre à inventer des histoires. Il le serra de nouveau dans ses bras, lui répétant :

« J'ai confiance en toi. J'ai toujours eu confiance en toi. »

Puis, levant les yeux sur Wallace et Alice, il affirma :

« Mon fils va très bien.

— Lâche-moi, papa, dit Mark, s'étranglant presque. Je te jure qu'il faut que j'y aille !

— Ne le laissez pas partir ! » adjura Alice.

Jack la regarda, puis il regarda son fils, et il le lâcha.

Susan et Henry avaient pris le chemin de la falaise. Un vent fort venu de l'océan leur fouettait le visage. Elle avait le cœur lourd et triste. Hormis la mort de Richard, rien de pire ne lui était jamais arrivé. Mais elle ne pouvait abandonner Henry.

« Je t'aime, dit-elle en serrant fort sa main. Quoi qu'il arrive... quoi que tu aies fait... Je te défendrai toujours. »

Henry se contenta d'acquiescer d'un air tranquille et Susan se demanda à quoi il pouvait bien penser. Elle se décida finalement à lui poser la terrible question :

« Dis-moi la vérité, Henry, dis-moi ce qui s'est passé le soir où Richard est mort.

— Mais tu le sais bien ! fit Henry d'une voix innocente.

— J'aimerais l'entendre de ta bouche.

— J'étais en train de jouer en bas... » commença-t-il.

Au ton de sa voix, Susan sut immédiatement qu'il était en train de mentir. C'était la voix qu'il prenait chaque fois qu'il lui mentait, et elle savait maintenant qu'il lui avait menti souvent.

« N'essaie pas de me raconter des histoires ! jeta-t-elle avec colère. J'en ai plein le dos de tes mensonges ! »

Elle se retrouva en train de le secouer par les épaules.

« La vérité, Henry ! Est-ce que tu as tué Richard ? »

Il se dégagea et lui adressa un regard effronté, un regard qui n'était pas de son âge.

« Et alors, qu'est-ce que ça peut faire, si c'est vrai ? »

Susan eut l'impression de recevoir un coup à l'estomac. Elle perdit le souffle. Les mots refusaient de sortir.

« Eh bien..., commença-t-elle.

— Quoi, maman ? demanda Henry, l'air étrangement détaché.

— Tu... tu as besoin d'aide...

— C'est toi qui as mauvaise mine, maman. C'est plutôt toi qui aurais besoin d'aide. »

Il a dû dire cela par réaction, par autodéfense, pensa Susan, et elle ajouta, de manière à se faire mieux comprendre :

« Il faut que tu me fasses confiance, Henry. »

Le garçon secoua la tête.

« Je ne peux pas. Tu vas m'envoyer au loin, c'est ça ?

— Non... balbutia-t-elle. Je ne sais pas...

— Me mettre dans une maison spéciale, insista-t-il avec une certitude désarmante.

— Non, Henry...

— Je préfère mourir, lui cria-t-il. Tu m'entends ? Je mourrai plutôt que d'y aller ! »

Il s'enfuit à corps perdu en direction de la falaise. Elle s'élança à sa suite et le vit disparaître derrière un pli du terrain.

« Henry ! »

Elle atteignit le bord de la falaise. Nulle part son fils n'était en vue. Présageant le pire, elle s'avança jusqu'à l'arête et regarda en bas. Elle entendit un bruit derrière elle et se retourna d'un bloc. Henry sortait de derrière le tronc d'un arbre tout tordu. Son visage n'exprimait aucune émotion. Il ne ressemblait en rien au visage du garçon qui venait de s'enfuir et il disait, avec une maîtrise de soi parfaite :

« Tu as vraiment cru que j'allais sauter ? »

Susan ne répondit rien, ahurie de se trouver face à Henry.

« Tu ne me connais pas très bien ! » dit-il sur un ton sinistre, marchant sur elle, les bras en avant.

Susan restait pétrifiée, les yeux écarquillés de surprise. C'était impossible, Henry n'allait pas faire ça !

Il le fit : il la poussa et elle bascula en arrière dans le vide.

Son corps fit un tour sur lui-même. Elle hurla. Par miracle, elle parvint à se rattraper par les bras au rebord de la falaise, les pieds pendant dans le vide.

« Henry ! hurla-t-elle, avalant de la terre et des herbes.

— J'arrive, maman ! »

Il s'approcha du bord et la regarda. Elle perdait prise.

« Aide-moi », dit-elle, d'une voix étranglée, élevant une main vers lui.

Totalement impassible, Henry fixa la main qui se tendait. L'instant d'après, la prise céda et Susan tomba.

Quelques mètres plus bas, une étroite saillie de rocher stoppa durement sa chute. Elle regarda en bas vers les récifs et les vagues, et vit une verticale de soixante-dix mètres. Son cœur se mit à battre follement. Sa terreur était si grande qu'elle était incapable de bouger. Elle leva les yeux. Henry tendait au-dessus d'elle un visage inquisiteur, aussi dépourvu d'émotion que s'il regardait un rocher.

« Henry... » supplia-t-elle, levant les bras vers lui. Il n'esquissa pas un geste pour lui porter secours. Elle ne comprenait plus rien. Paralysée de stupeur et d'effroi, elle ne pouvait plus prononcer un mot, sa langue était épaisse et pesante dans sa bouche. Elle réussit cependant à bredouiller :

« Je t'en supplie... je suis... ta mère. »

Il sourit légèrement, secoua la tête et disparut.

« Henry ! » trouva-t-elle la force de crier. Mais rien ne lui répondit.

Elle regarda à nouveau en bas. L'océan venait écraser ses vagues soixante-dix mètres sous elle. Suffoquant de vertige et de terreur, elle s'aplatit tout contre la falaise.

Elle entendit un bruit et leva les yeux. Henry était réapparu, une pierre de la taille d'un ballon de football dans les mains.

« Henry, je t'en supplie... »

Il souleva la pierre au-dessus de sa tête, s'apprêtant à la lâcher sur elle. Susan était terrorisée.

Subitement, il fut attrapé par-derrière. La pierre lui

échappa des mains et dégringola vers Susan qui n'eut que le temps de se coller contre la paroi, tandis que la pierre rebondissait sur la saillie et volait dans le vide.

Elle était sauve !

Sous l'impact de la pierre, la saillie commença à s'écrouler. Des morceaux de rocher s'éboulèrent en cascade, ne laissant plus à Susan que l'espace sous ses deux pieds pour se tenir debout.

Au-dessus de sa tête, Mark et Henry, au bord de l'abîme, se battaient furieusement.

« Non, tu ne lui feras pas de mal ! » hurlait Mark.

Henry le saisit par les épaules et tous deux roulèrent dangereusement vers le gouffre, face à face maintenant, hors d'haleine et soufflant fort.

« Quel effet ça fait, de perdre deux mères, hein ? » disait Henry d'une voix sifflante.

Mark lui répondit par un violent coup de poing en plein dans la figure.

Au-dessous d'eux, Susan tentait une périlleuse ascension. Progressant une main après l'autre, saisissant chaque bosse, s'agrippant à la moindre fissure, elle parvint lentement à remonter la paroi et à se hisser sur le bord.

Dix mètres plus loin, les garçons continuaient à se battre tout au bord du précipice. Henry, à cheval sur Mark, lui renversait la tête dans le vide, en appuyant de toutes ses forces. Mark tenait bon, essayait de se dégager par en dessous.

A peine sur la terre ferme, Susan, encore vacillante sur ses jambes, s'élança vers eux. « Mark ! Henry ! » cria-t-elle.

Au moment où elle allait les saisir, ils basculèrent en même temps de l'autre côté. Elle plongea vers eux, les bras tendus. Ils réussirent à s'agripper à elle chacun d'un côté, Mark à droite, Henry à gauche.

Leur poids réuni la fit tomber sur le ventre. Les deux garçons la regardaient désespérément, suspendus au-dessus d'un à-pic colossal.

Henry s'accrochait à l'un de ses bras qu'elle tenait plié ;

de l'autre côté, Mark se retenait au haut de sa manche de manteau. Elle avait l'impression que ses bras allaient se déboîter de ses épaules. Elle tirait, en vain, de toutes ses forces, jamais elle ne pourrait remonter les deux garçons en même temps.

Elle les regardait intensément : Mark avait le visage crispé de désespoir et de terreur, Henry était effroyablement calme.

Que pouvait-elle faire ?

Usant de tout son charme et de sa beauté de petit garçon, Henry leva les yeux vers elle.

« Maman, maman, je t'aime... supplia-t-il. Donne-moi ton autre main. »

Susan se sentait déraper. Encore quelques secondes, et ils plongeraient tous les trois dans le vide. Ses yeux allaient follement de l'un à l'autre des enfants, sans qu'elle pût se décider à rien faire. Elle hurla désespérément :

« Tenez bon ! Je vais vous tirer tous les deux ! »

Sous le poids de Mark, la couture de son manteau commençait à craquer. La main d'Henry était ferme dans la sienne.

Elle les regarda encore l'un et l'autre : les yeux de Mark s'agrandissaient de terreur à mesure que se déchirait la manche, il avait la bouche ouverte dans un cri muet, le souffle court et rapide ; l'expression d'Henry, implorante, douce, semblait dire : « *Comment oses-tu ? C'est moi ton fils !* »

La couture finit par céder. Mark glissa le long du bras de Susan, il n'avait pas lâché la manche ; dans moins d'une seconde, il serait tombé dans l'abîme !

Mark...

Henry...

Son fils...

A elle de décider...

Richard...

La baleine...

Quinze centimètres d'eau...

Avec une impulsion subite, Susan arracha sa main à celle de son fils et rattrapa Mark au moment où il chutait.

Les yeux d'Henry s'élargirent de surprise.

Elle détourna le regard.

Son fils basculait en arrière, bras et jambes écartés, dans la position des acrobates à ski. Il alla s'écraser contre les rochers avec un bruit de claque qui lui serra le cœur, et dégringola jusqu'en bas, comme un pantin. Une vague recouvrit son corps et l'emporta.

Avec l'énergie du désespoir, Susan réussit à tirer Mark sur la falaise. Ils étaient saufs. Allongés au bord du précipice, la tante et le neveu restèrent enlacés l'un à l'autre, Mark revivant les instants terribles d'une mort certaine, Susan le cœur empli d'une détresse indicible.

Elle avait fait la chose la pire qu'une mère puisse faire.

Et elle savait qu'elle avait eu raison.

VINGT-QUATRE

Un an plus tard...

Une Jeep Cherokee rouge toute neuve remontait le chemin qui conduisait à la maison de Wallace. Jack était au volant, Mark assis à côté de lui. Ce dernier tourna vers son père un regard où se lisait une interrogation inquiète et Jack, posant la main sur son épaule, affirma :

« Ça va bien, tout va très bien. »

Ils descendirent tous deux de voiture. Wallace sortit de la maison.

« Ça me fait plaisir de te revoir ! » dit-il, en prenant son neveu dans ses bras. Puis, serrant la main de son frère, il poursuivit, d'une voix pleine de fierté qui démentait la mine sombre qu'il s'était amusé à prendre :

« J'ai lu un article sur ton dernier contrat.

— Oh, tu sais, répliqua Jack, ça ne mérite pas tout le plat qu'ils en ont fait.

— Ne fais pas le modeste », riposta Wallace en lui donnant une claque dans le dos. « C'est formidable, ce que tu as réussi à accomplir en un an. Ta société a complètement changé !

— Oui, l'année a été bonne, admit Jack. J'aurais aimé que la tienne le soit aussi. »

Connie, accourant de derrière la maison, donna à Wallace prétexte à détourner le regard. Grandie, mincie, sa petite fille commençait à devenir très jolie.

« Mark ! Mark ! » criait-elle joyeusement. « Je t'ai vu arriver. Ça fait deux pâtés de maisons que je t'ai vu arriver ! »

Mark la saisit dans ses bras et la serra fort contre lui.

« Comment tu as fait ? Tu as des rayons X à la place des yeux, maintenant ?

— Ben non, j'étais dans la cabane de l'arbre, voyons ! » fit-elle en désignant le bois derrière la maison.

Mark regarda dans la direction que Connie lui indiquait du doigt et vit, tout en haut de l'arbre gigantesque, une vraie cabane, pourvue d'un toit et de murs.

Signifiant d'un geste qu'il venait de se rappeler quelque chose, Mark se glissa de nouveau à l'intérieur de la Jeep.

« Je t'ai apporté un cadeau, un puzzle qu'on va faire tous les... »

Mais Connie avait une autre idée en tête.

« Viens plutôt voir la cabane ! »

Mark eut un instant d'hésitation, il avait encore un devoir à remplir avant de jouer avec sa cousine et il lui demanda :

« Où est ta maman, Connie ? »

La petite fille lui lâcha la main, le visage durci, tout à coup.

« Elle est allée le voir. »

Mark hocha la tête et porta son regard au loin, en direction du cimetière.

« Tu ne vas pas te fâcher si je vais d'abord dire bonjour à Susan ? Je te promets que je reviens vite et qu'on joue tous les deux.

— D'accord, mais fais vite ! » répondit-elle.

Avant de partir, Mark lança à son père un bref regard et crut que Jack voulait dire quelque chose, mais celui-ci se contenta de hocher la tête solennellement et Mark s'élança.

Henry avait été enterré au sommet d'une colline, sous un arbre très haut dont les branches se dressaient vers le ciel. C'est là que Mark trouva sa tante, accroupie devant une petite tombe grise, une branche de fleurs jaunes à la main. Un bouquet fané, tout brun, était posé sur le sol. Mark s'agenouilla lentement à côté d'elle.

Susan lui lança un regard brouillé de larmes. Elle ne semblait pas surprise de le voir, il est vrai qu'elle était au courant que Mark et son père devaient arriver ces jours-ci ; elle se contenta de lui adresser un signe de tête. Elle n'avait pas besoin de parler. Lui non plus. Ils savaient tous deux qu'un lien les unissait, un lien antérieur à la mort d'Henry, mais que sa mort avait renforcé.

Mark prit les fleurs jaunes et les posa à la place des brunes. Puis, Susan et lui se relevèrent ensemble. Ils restèrent debout un long moment à contempler la tombe.

« Qu'importe ce qu'il a fait, je continue de l'aimer, dit Susan, écrasant une larme de son doigt.

— Nous ne l'oublierons jamais, ajouta Mark.

— Jamais ! renchérit Susan, d'une voix devenue presque un murmure.

Mark glissa sa main entre les siennes et la regarda. C'était elle sa mère, maintenant, ou tout comme.

« Rentrons, dit Susan avec un léger sourire, rentrons chez nous ! »

On eût dit qu'elle avait pu lire les pensées de son neveu.

Ils firent demi-tour et prirent le chemin de la maison, Mark portant les fleurs mortes, Susan ses souvenirs et sa peine.

Derrière eux reposait Henry, et l'on pouvait lire sur la pierre qui surmontait sa tombe :

HENRY EVANS

1981-1993

SANS OBSCURITE
POINT DE LUMIERE

*Achevé d'imprimer en décembre 1993
sur les presses de l'Imprimerie Bussière
à Saint-Amand (Cher)*